與折原臨也共度黃昏

成田良悟
Ryohgo Narita
插畫：ヤスダスズヒト
Illustration：Suzuhito Yasuda
Kadokawa Fantastic Novels

RAKU JITSU【落日】

1：即將西落的太陽。落日。落暉。夕陽。

2：比喻事物聲勢的衰退。「大企業的——」

引用自電子版大辭泉（SHOGAKUKAN Inc.1995 1998 2012）

序章

序章A　你城市裡的情報商人

「真的有機會殺死那傢伙嗎？」

對著話筒講出這句駭人話的，是名穿著發皺的白襯衫，上班族打扮的男子。

『對，他今天肯定會一個人留在公司的辦公室裡頭。金庫的密碼也確定沒錯，我可以跟你保證。』

「這樣呀……雖然不清楚他為什麼會留在連保全都放假去的公司裡，但正好。」

『再跟你確認一次，真的要下手殺他嗎？』

對於從手機另一頭傳來的聲音，男子不耐煩地回道：

「這是當然的吧！事到如今還講那什麼話！那傢伙可是連想都沒想，就把我這個從公司創建以來，跟他同甘共苦的共同創辦人給趕走了耶！那傢伙居然自己將公司全部的研發成果獨占了！」

『那個啊……人各有苦衷嘛。不是也能選擇放棄復仇，走上全新人生這條路嗎？』

「怎麼可能！我們曾是摯友……不，我把他當作摯友！但是對那傢伙來說，我就只是個墊腳石！我的一切都被他奪走！我還有家人要養……也還有負債……那傢伙明明都知道！我變得只能全家流落街頭！這次就輪到我搶走他擁有的一切了！是不是！」

男子彷彿在說服自己一般，不斷提高聲量。

大概是想得到電話另一端的人的認同吧。

期待對方同意他的「殺人動機」。

『我是覺得，也不一定非得是這份工作才能養活家人啦。不過，不管怎樣，既然你都這樣講了，我就尊重你的意思──無論會有怎樣的結果迎接你。』

「不用你操心！成功的話，錢就分你一半！你也盡量逃得遠一點吧！」

如此尖聲吼著的男子，撂下一句「已經沒事要講了」便掛斷電話。

他腦中反覆著「真的要動手嗎？」這個疑問。

──可惡，那該死的情報商人，居然在這最後關頭讓我動搖。

男子賞了自己一個巴掌，在這陣痛楚中重拾決心。

他鼓勵自己，告訴自己這樣的復仇是正確的──然後將刀子藏在懷裡，向夜晚的街道踏出一步。

他相信這一步，正是自己通往全新人生的第一步。

「可惡……為什麼……為什麼會這樣……」

數小時後——順利完成「處理」的男子，在暗巷裡雙膝無力地跪下。

白襯衫上沾滿回濺而來的血液，而插在胸口的折疊刀刃上沾著鮮血。

「啊啊……現在是怎樣……？為什麼……會這樣……」

男子甩了甩頭，此時胸口裡的手機響起。

他連螢幕也沒看，神情呆滯地接起電話。

隨即，聽筒裡頭傳出以現在這名男子的處境來說，完全不搭調的爽朗人聲：

『嗨，恭喜你！還可以接電話，就代表你沒有遭受抵抗，順利解決他了呢！』

「順利……你說順利？」

男子氣得咬牙切齒，聲音顫抖著說：

「金……金庫裡……幾乎沒什麼錢。但卻找到……變更成我名義的公司登記證……殺……殺了他之後，才看到他電腦上，寫著對自己公司的檢舉信件……」

『喔，那是當然啊。』

「啊……？」

『他是為了寫這個，今天才一個人留在公司。』

對著一副茫然樣的男子，電話另一頭的男人嗤嗤笑道：

『這是發現下屬進行大規模弊案的社長，試著從中保護你這個共同創辦人喔，為了身為摯友的你。』

「……？」

『照你的個性來看，若是告訴你這件弊案，一定會想一起承擔這個責任吧？但是你有家室又有負債，怎能讓你一起承擔——社長他應該就是這麼想吧。所以他假裝跟你吵架並設計你，奪走經營權。大概就是想藉由開除你，讓你暫時跟公司毫無瓜葛。』

男子嚥了口口水。

的確，電腦裡有類似要對媒體發表的悔過信，其中一段寫著「在弊案爆發之前，先切割了有可能察覺的共同創辦人」這樣的文句。

『他已經連文件都寫好了。等到事情處理完畢後，公司的商品或研發成果的權利將自動歸你所有。』

「這不是真的！」

『是不是真的，你看過金庫裡面，應該早就知道了吧？』

話筒傳來的淡然語氣，令男子更加咬牙切齒地反問：

「你……全都知情……嗎？明明全都知道，卻不阻止我？」

『你這句話就不太對了喔，我剛剛不是有阻止過你嗎？那麼，你要不要聽聽看錄音檔啊？』

「開……開什麼玩……」

『開玩笑的人是你吧？』

一副要蓋過對方罵聲的氣勢，話筒另一方嚴聲說道：

『我可是情報商人。只要你問一聲，我就會毫不保留地告訴你。一般來說可不會給人忠告，但這次虧我特地給你「人各有苦衷」這個提示了。』

「那是……」

『是你自己拒絕去理解對方。』

「我怎麼可能會知道！會這樣……！你要我怎麼去理解！是那傢伙……是他不跟我商量的錯吧！」

強忍著從背脊湧上的嘔吐感，男子就像小孩子一般大吼大叫著。

手機另一端傳來對他露骨的嘲笑：

『你該不會以為社長沒想到，曾是摯友的你會恨到想殺了他吧？不過，該說……從你沒想透社長所為的含意；還是連想都沒去想的那當下，似乎就只有社長有將你當作是摯友呢。』

「我……這不是真的！這不是真的啊啊啊啊！」

『不要那麼悲觀嘛。我說過吧，無論迎接你的是怎樣的結果，我都會尊重你的選擇。』

『我覺得只要是人，都會跟你做一樣的事情喔。』

♀♂

同一時間　關東某處

聽得見電話另一端的號叫聲。

隨即，一陣激烈的碰撞聲與雜音響起，至此通話完全中斷。

「該不會跑去撞卡車了吧？」

與可悲的殺人犯進行最後對話的男人，將手上的手機丟進垃圾桶。

「那麼，我想殺人凶手拿著的手機也會被查一下通聯紀錄吧……差不多該去另一個

城市了。」

一個人獨自叨唸著，一邊讓車輪發出轆轆的轉動聲，在房中迴響著——

坐在輪椅上的男人，視線望向桌上並排的數十支手機。

「……剩沒多少支了呢。差不多該添購人頭手機了。」

男人聳了聳肩，看向窗外，自嘲般地笑著說：

「真是的，觀察（復健）人類還滿累的呢。」

♀♂

我是情報商人——

有一名男人子如此誇口著。

但是，先別談他是否真的靠著當「情報商人」為業，他的確有能力獲得許多情報。

他絕對不是正義的夥伴，

但也不是說就是惡人的爪牙。

序章A

你城市裡的情報商人

鋤強扶弱，
踐弱媚強；
諫善斥惡，
嘲敗誡強。

他藉此生存下來，另一方面又毫不在乎地做著相反的事情。

鋤弱扶強，
踐強媚弱；
諫惡斥善，
嘲強誡弱。

這不是說他沒有自己的想法，
只是因為他都一視同仁。
毫無止境地誠實面對自己的慾望罷了。

「人類」——

他僅僅一心愛著包含在這個詞裡頭，所有的善與惡。

他就只是愛著眾人罷了。

就算結果是毀掉所愛的人，

他也能一視同仁地愛著那些崩壞的人們——

序章B　歡迎來到武野倉市

下著傾盆大雨的三線道的縣道。

這條道路的天橋上，懸掛著「歡迎光臨礦山都市」字樣的布條。

颼颼陣雨淋濕的布條下，許多車輛往來著。

相較於道路寬度，這個車流量不算多的道路旁邊，有個處於鬧區中的雜居公寓。

在那屋頂上，一名象徵這座城市的男人正淋著雨。

阿多村龍一。

他是掌握這城市的礦山主人——阿多村甚五郎的長子。其父承諾，將來會讓他繼承武野倉礦山與附屬公司的所有權利。

武野倉礦山中可開採到大量的銀、銅、鉛與鋅等礦物；雖然比不上仍在開採中的金礦礦區，仍能開採到少量金礦。不過本來就因為含量不多，因此被稱作「銀山」，而非「金山」就是了。

並不只是開採，在隨之而來的商業活動與都市振興中成功獲利的阿多村家，據說家族所累積的總資產過一百五十億圓。

以這個資產作為基礎，進一步發展事業，城市中幾乎所有企業都受到阿多村家的影響；這簡直可以稱作阿多村帝國，而他們藉此統治著武野倉市這個地區。

若只限定這個城市範圍內，阿多村家的確能稱作是貴族。

當然，一百五十億的資產在日本國內無法列名前十名；與前十大企業相比，更不到影響國家政策的等級。

但限定在武野倉市的話就不一樣了。

不只是金錢，算上數十年來累積而來的人脈與地盤，要在這座城市內如同王者一般稱孤道寡也不無可能。

然而也因為過於著重於武野倉，一旦出了武野倉就幾乎沒有影響力；因此從全國等級來看，阿多村集團也不是那麼有名的企業。

問問看東京周遭的人，大概也只得到「阿多村？那是什麼？」的回應吧。

井蛙不可語於海。

附近城鎮的政商界，背地裡都是如此形容他們。

但是，阿多村是以「井底之蛙」作為代價，在井底收藏了大量財寶，自己選擇作為一隻青蛙之王的。

造就了就算海浪也無法沖垮，孤傲、堅固的一口井。

阿多村這個名號，狹隘且深刻地刻畫於住在武野倉這片土地上的人們腦髓裡。

為了讓人們知道我們是統治者。

為了讓人們知道我們是庇護者。

為了讓人們知道我們是獨裁者。

為了讓人們相信，我們正是住在遠比大海還要豐裕的水井裡。

因為這樣，區域都市裡的一個扭曲的城市中，獨占這城市的強大家族誕生了。

而這個家族的當家長男。

也就是一般人稱「富家公子」的阿多村龍一——

他現在正被監禁在家族名下的大樓屋頂裡。

——為什麼是我？

——怎麼會遇上這種蠢事？

——可惡，那傢伙……我要殺了他！

——不會簡簡單單就算了！我會不惜代價與時間去折磨、殺死他。

自從遭到監禁以來，這半天裡，他都在叫囂著這些話。

但是伴隨著身體感受到的飢餓，這些謾罵逐漸化為不安。

——為什麼都沒有人發現……可惡。

——都已經過了一天，老爸在搞什麼啊！

他被扔在屋頂水塔旁邊的倉庫裡頭，處於陷入飢餓與遭到綑綁的手腳帶來疼痛的險境裡，就這樣過了整整三天。

阿多村綜合娛樂大樓——這裡是包含遊戲中心與棒壘球打擊場、保齡球場，卡拉OK包廂，還有年輕人取向的餐廳等，作為城鎮振興的一環而被建造起來，市內最大的娛樂設施。

樓下人山人海，熱鬧非凡，卻沒有人注意到被關在屋頂上的自己。

心中憤恨著怎麼會有如此不公平的事情，腳奮力掙扎著並大聲呼救，然而沒有任何回應。

突然，倉庫的門慢慢被打開，就像在闡述有另一條活路可走。

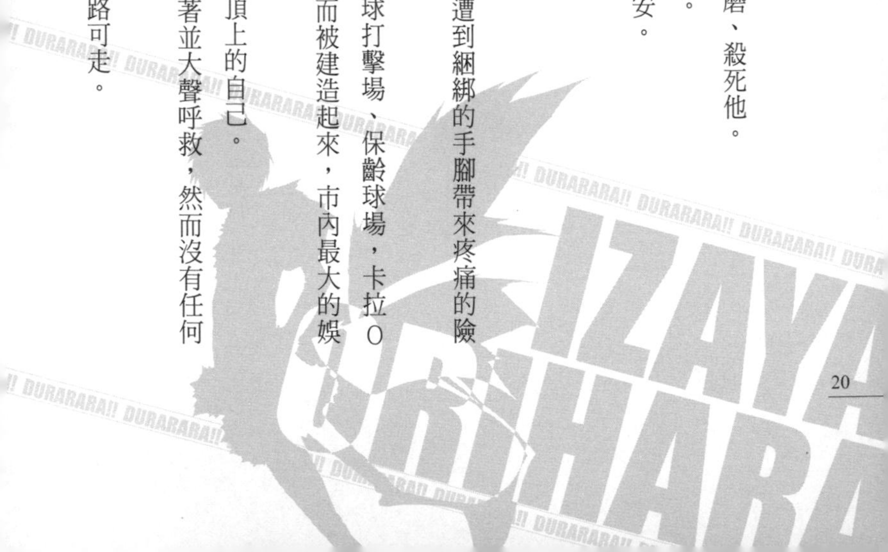

「你……你這傢伙！夠了沒！快點解開這個手銬！」

他隨即察覺到，現身的就是將自己關在這裡的那個人。雖然想再多罵個幾句，聲音卻氣若游絲。

「要多少錢我都給你！好嗎？喂！不如這樣！你是拿喜代島多少錢？我不會說兩倍三倍這種小氣話，你要多少我都給你。跳槽過來怎麼樣，ＯＫ？我會好好裝死，你就叫喜代島那傢伙過來……」

對於彷彿在交涉般一直呼喊的龍一，監禁者靜靜地靠向他的耳旁。

「────」

在他耳旁低語著一些話。

在那瞬間，龍一第一次這麼面無血色。

不管是飢餓還是手腳的疼痛，都在這瞬間消失殆盡。

因為在聽到那段低語的當下，他已經知道了。

自己一定會被對方殺了。

「等……等等！等一下！再談談嗚……嘎啊！」

他呼喊著的嘴裡，被塞進好幾張薄紙。

上面的內容跟懸掛在縣道的布條一樣，是阿多村集團要市公所製作的觀光文宣。

不過龍一不會察覺這件事。

永遠不會。

啪嘰一聲，某種東西刺向龍一的臉上。

「——嘎！」

控制在不會當場死亡的程度，美工刀刃刺進臉內，割毀他的鼻子。

塞在口裡的傳單，使得呼叫聲含糊不清；出不了口的呻吟，輕聲迴盪在屋頂的倉庫裡。

口中的團團傳單掉出來，滾落於龍一身旁。

「歡迎光臨礦山都市」。

傳單上的文字，沾染著滴落的血漬。

啪嘰，啪嘰。

美工刀被當作十字鎬一般，刀刃往龍一的身上刺個不停。

身體猛烈翻滾著，落在一旁的傳單也因此劇烈滾動。

「來開採你的希望吧」。

啪嘰，啪嘰。

全新的文字上散滿血漬。

像是要從塞滿肉塊與慾望的身體裡頭，挖掘出什麼似的。

「來淬鍊這城市的幸福吧」。

啪嘰，啪嘰。

文字持續被噴到血漬，傳單漸漸染得赤紅。

最後，當那聲響停止時，幾乎無處得以判讀傳單上的內容了。

只有一句話，勉強可以從血漬之間看出來。

「歡迎來到武野倉市！」——

一章
男子的到來

某月某日　節錄自地方報紙的一篇報導

『陳屍於武野倉市——研判為某資產家的長子——』

『據了解，從三天前開始便下落不明的阿多村龍一（二十八歲），昨晚陳屍於武野倉市內。警方將從意外與刑案兩方面展開調查——』

在與報導中提到的城市距離遙遠的地方。

山中小屋裡，一名男子正在閱讀這篇報導。

雖然不清楚他是怎麼得到其他縣市的地方報紙，但標示日期確實是今天。

男子微微一笑，便將報紙丟進暖爐中。

然後將桌上應該是剛剛玩過的西洋棋、將棋、麻將與撲克牌等各式多人用牌具丟進暖爐的火中燒掉。

此時是梅雨時節。

明明是個濕漉漉的慵懶日子，男子卻將暖爐的火燒得無比耀眼。

盯著燒成灰燼的報紙和牌具，黑髮男子一手搭上搖椅旁的輪椅，然後拿出手機。開心地撥起某個號碼。

「之前談到的那個，我承接了。我會帶幾個人過去你們那邊叨擾。」

言詞雖然客氣，卻感受不到什麼敬意。

這不是指他在嘲笑，而是在那用字遣詞裡，似乎蘊含著孩童般的雀躍。

「……是的，不是為了你。不為別的，我是為了我自己。」

坐在吱吱響著的搖椅上，男人明顯在微笑：

「好久沒這樣……愛上人了。只是這樣而已喔。」

掛掉電話後，男子搖著搖椅，自言自語般思考起來。

——那麼，該帶誰去好呢？

「波江去美國了，黃根和美影都不會踏出池袋，蘭已經是粟楠會的人了，間宮又太麻煩……富士浦在監獄裡頭，根黑在德國音訊全無；小麗莎是已經回到日本……但這種事派她出馬似乎太誇張，還是算了。」

列出幾個熟人的名字後，男人微微一笑：

「嗯，這樣的話，大概就是坐先生和……那兩個人好了。」

決定好人選後，坐在輪椅上的男子哼著曲調，構想接下來的旅程。

「啊啊，過去那邊也得花點時間，得想些樂子讓大家玩玩呢。」

他看向暖爐，後悔似的嘆了口氣：

「……看來不該連撲克牌都燒掉啊。」

♀♂

幾天過後　武野倉市

這城市今天依舊下著雨。

籠罩在濕氣十足的烏雲天空之下，排列著就像墓碑般黯淡的大樓。

本應是這片土地最熱鬧的街區，環繞在這周遭的空氣卻不知為何顯得沉重；就連攬客的開朗招呼聲也像是在隱瞞著這件事。

在這鬧區的入口處，被車子潑了一身泥水的男子——越野咂舌了一聲。

「可惡，真倒楣。」

他是本地黑道的小弟，帶著地位比他更低的新人走在路上。

低頭看了下濺到褲子上的泥水，然後抬頭看濺起泥水的車，但車子早已繞過轉角。

克制住心中的煩躁，越野再次往目標緩慢地踏出腳步。

那裡是豎立於鬧區街角的老舊大樓的四樓。

色情行業入駐一到三樓，四樓則是地下錢莊的辦公室。

這裡是越野所屬的組織——背後是富津久會，也是該組織一個小小的資金來源。

「……喂，怎麼才這麼一點而已？」

看了眼黑帳冊後，越野面露不悅。

隨即，應該是地下錢莊負責人，看起來跟越野也差不多年紀的男子開口道：

「依照現在的環境，沒辦法再多了。關門的店家也一直在增加。」

「再認真一點啦。不再多賺點錢，真的會被那個富家軟爛『議員』奪走地盤喔。」

對談中，辦公室的門被打開，走出另一名男子。

「怎麼啦，一副景氣很差的表情。」

「……佐佐崎哥，你好。」

在心裡一陣咂舌，越野面不改色地低頭致意。

「名聲響亮的富津久會也鬥不過不景氣的浪潮啊？」

「沒啦，多虧你們，賺得還不錯啦。」

「哦？這樣啊，那我也不用跟你客氣嘍？」

被稱作佐佐崎的人說著便伸出手來，像是要跟人索取什麼似的。

「……」

看見越野以眼神指示，地下錢莊負責人從抽屜中拿出一封厚重的信封。

佐佐崎接了過來，確認過裡頭的一萬圓鈔票後，深沉一笑：

「嗯，那麼就借我一些嘍。」

「……那個，警察會怎麼對應『這次的事情』呢？」

「這次的事情？發生很多事耶，你是說哪一件？」

收過信封的中年男子裝傻似的聳了聳肩。

佐佐崎是現任的刑警。

雖說是現任，這傢伙已經沒有資格被稱作刑警。從城裡的地下錢莊或色情行業索取賄賂，代價是洩漏搜索取締的情報。

「就是阿多村的少爺被殺的那件事啦。事情都已經過了三天，卻一點後續進展都沒有，讓人很在意啊。」

聽到這句話的佐佐崎面露苦笑：

「喂喂，講話要經過腦袋啊，還有『自殺』的可能性吧？畢竟被害人手上就握著可能是凶器的美工刀。」

「手腳被捆綁，嘴裡還塞滿傳單的男性，哪有可能挖出自己的雙眼，切下自己的耳鼻後，再去跳樓自殺啊？」

「不清楚耶，也有可能是嗑多了。意識不清之下把自己砍一砍，笑一笑就去跳樓。說不定會有目擊證人這樣出來指證喔。」

「原來如此，打從一開始就不想查這件事是嗎？」

看著嘆氣的越野，不良刑警苦笑以對：

「沒喔，表面上還是有好好調查啦。因為媒體這次還挺關注的……不過，雖然有在調查，等到風頭過了，可能就會敷衍結案了吧。半年前到任的署長是特考組上來的年輕人，比起違抗『議員』或『領主大人』更偏向息事寧人，應該會乖乖等到下次晉升。」

「也就是說，警察大人就跟之前一樣，不會介入我們的紛爭嘍？」

「別鬧上媒體就好。」

聽到佐佐崎的話，越野也苦笑著自言自語：

「……真是的，雖然這話從我嘴裡講出來挺怪，但這城市到底怎麼了？」

就一個鄉鎮都市來說，面朝日本海的武野倉市還算頗具規模。

但是心甘情願搬來住這邊的人就不是那麼多了。

隔壁的刃金市跟德國的觀光都市締結姊妹市協定，十分開化；隔著一座山的這座都市，總感覺充滿守舊的氣氛。雖然如此，這裡絕對不是一個凋零的不景氣都市。

基於本身是礦山開發發展而來的城市，以及受到占有日本國內少數仍在開採的銀礦的家族推動下，現今仍保持著繁榮。

最近有股推動都市更新的動向，以發跡於這城市的政治家為首，正開始併購土地。

然而，擁有礦山的家族與政治家之間似乎有著不小的摩擦，此摩擦更為這頹廢的城市奏響不協調的音律。

缺德都市——

鄰近城市因為忌諱，替武野倉市取了這樣的戲稱。城市中的多數權貴恬不知恥地向礦主與政治家搖尾乞憐，吸取著官商勾結所獲得的香醇肉汁。

參與其中的一個男人，也就是貪瀆刑警佐佐崎帶點嘲諷地開口說：

「這座城市已經因為那些腐敗的傢伙們而被弄得烏煙瘴氣了，更別說現在還是硝煙四起。」

「警察大人您真敢說。」

「我這種的還不算爛透呢。」

——要是我們署連那種誇張的凶殺案都掩蓋掉，那風險未免太大了。

——或許該準備跑路了。

佐佐崎心中思考著這些事，但也沒辦法在行賄的越野面前說出口，只好隨便敷衍過去。

「不過，你們小心別惹事啊。才這點孝敬，我可罩不了你們。」

「我知道啦，佐佐崎警察大人。我們也沒空去管那些閒事，還得去找些新客戶，好彌補那些被跑路掉的虧損。」

「新客戶啊……」

缺德刑警浮現猥瑣的笑容，像在嘲笑越野似的搖搖頭：

「只要是知道這城市情形的人，現在怎麼可能還想來啊？」

幾分鐘過後。

越野撥開百葉窗，看著底下的街道。

剛好看到才走出大樓，步上街道的佐佐崎背影，一陣咂舌：

「嘖……這個垃圾，是打算多賺點零用錢跑路吧？」

「要抓他嗎？」

聽到手下小混混的這句話，越野皺起眉頭：

「你這樣就叫作惹事。要這樣做，也得先等那傢伙背叛我們再說。」

越野嘆了口氣。他正打算把視線從佐佐崎身上移開時，卻看到奇妙的景象。

「……這是怎樣？」

佐佐崎的面前站著兩個小孩，停下腳步的他似乎在講些什麼。

「……今天要上課吧？」

怎麼看都像是小學生，年紀頂多是快要上國中左右的男女。

從這個距離看不到表情，但可以肯定是小孩子。

穿著整齊，感覺像是「有錢人家的少爺小姐」。雖說還是大白天，但對這種滿是酒吧和花天酒地的地方來說，顯得格格不入。

「記得佐佐崎沒有妻小……」

越野感到疑惑，他所望之處，佐佐崎被孩子們拖著手，不知走向何處。

從佐佐崎的走路方式，越野察覺佐佐崎本身也是充滿疑惑。

「到底是怎樣……？」

雖然覺得不可思議，但心中推論那種孩子跟自己沒關係，也就不再在意。

就他在武野倉市生活將近三十年的經驗，切身體驗到一件事。

在這城市裡，多管閒事絕對沒有好處。

♀♂

武野倉市內　旅館「武野倉GRAND PLACE」皇家套房

「哇，這裡的風景真好。」

從高處看著下著雨的市區，這個男子說著。

武野倉市裡最高的旅館「武野倉GRAND PLACE」。

包下那旅館最高層房間的男子，站在公寓式套房的窗前，瞭望著城市的景色。

一頭烏黑秀髮的男子，穿著黑色衣服。

然後，坐在黑色為底色的輪椅上。

這輪椅不同於一般，如躺椅般十分舒適且造型獨特。

男子坐在這樣的輪椅上盤著腿，很滿足似的瞭望著城市。

「光是這樣看就能感受到人們的味道。這是個暴力與愛調和得恰到好處的城市，我喜歡。」

呵呵一笑後，男子繼續說。

瞇起雙眼，伴隨著打從心底開心的微笑：

「這裡的話，可以大展身手呢。」

語畢，男子望向站在旁邊，戴著眼鏡的老人問：

「你不覺得嗎，坐先生？」

他稱呼為「坐」的老紳士穿著黑與白為底，設計有點奇異的西裝。

挺直的腰桿與眼鏡深處顯露的銳利眼神，給人管家或保鑣的印象。

雖然以保鑣來說，他的年紀顯得有些老邁，但全身散發著一股相當可靠的氣息。

「……老朽並不認同。不巧的是，老朽是草食系男子，那種貪婪的空氣只令人喘不過氣來。」

謙卑有禮的語氣，加上「老朽」這樣的第一人稱。

聽起來像帶著敬意，卻又好似完全不然。不如說，老人的語氣裡蘊含著鄙視。對此，坐在輪椅上的男子笑了起來：

「坐先生還真是坦率啊。就不能對我這老闆有禮貌點嗎？」

「如果你不是我的老闆，我早為了人類擰下你的脖子了吧。」

「坐先生真是殺氣騰騰呢。」

男子邊笑著，令輪椅發出一聲尖聲後前進。

然後，望向比起先前更加混濁的天空，開心無比地說起奇怪的話來：

「好期待啊，真的好期待。」

「如果在這城市引起騷動，到底會打亂怎樣的人（樂章）呢？」

♀♂

餐廳「金剛菜館」

「……是你叫我來的？」

在「武野倉GRAND PLACE」最上層的高級中華料理店當中，佐佐崎的聲音裡帶有警戒。

他在路上遇到向他搭話的奇怪孩子們。

在被他們半強迫帶領下，來到了這裡。

——「叔叔，你是刑警吧！」

——「……請跟我來。」

從地下錢莊收下賄款，正要走上街時，突然被這兩個男孩女孩叫住。

他對他們知道自己是刑警一事感到異樣。他半開玩笑地說「怎麼沒去學校？小心我逮捕你們喔」打算趕走他們，但是——

——「有個人說想『孝敬』叔叔耶！」

——「跟我來會有好處……大概吧。」

聽到「孝敬」二字讓他頓時緊張，下意識地環視周遭。

雖然懷疑是圈套，但現況也沒辦法判斷真假。

兩個小孩看起來同年齡，不像是雙胞胎。一男一女的話，若為雙胞胎也是異卵雙生吧。但就異卵雙生來說，這兩人也長得太不像。佐佐崎猜想他們不是兄妹，多半沒有血緣關係。

最後，佐佐崎抱著可能是圈套的可能性，保持警戒地跟著他們走。

他也作好心理準備，要是帶他去倉庫或暗巷就馬上開跑。畢竟那邊如果有對自己懷恨在心，或是以前逮捕過的犯人，有可能會被殺。

換作在一般的都市，大概不用如此抱持戒心，但是佐佐崎比起常人有更深的體悟，對現在的武野倉市來說，一般都市的想法並不適用。

然而，兩個小孩引領而來的終點，是市內屈指可數的高級餐廳。

踏進店內的瞬間，佐佐崎馬上感到背脊發寒。

因為在他踏進去的那一瞬間，店裡面有一群身著西裝，身材魁梧的男子們默默地直盯著他瞧。

並不是只有一桌。

店內一半以上的餐桌都坐著這些帶著恐怖神情的男子，不發一語地往佐佐崎的方向盯著看。

——這些傢伙……是哪來的？

——喂……等等，我可不記得招惹過「議員」或「領主大人」啊……

被瓜分這都市的兩大勢力盯上，自己接下來是要被殺掉了嗎？

心中滿是這些念頭，佐佐崎一邊被孩子們牽著手，一邊拚命思考逃跑路線。

他盤算最下策可能得把這兩個小孩當作人質之類的。

然後，他被帶進餐廳最裡面，一間彷彿只接待擁有黑卡之類的人的最高級包廂。

那裡面有一名男子。

「嗨，是佐佐崎先生嗎？初次見面，這是我的名片。」

男子手指彈了下放在桌上的名片，滑到對面的佐佐崎面前。看來這個人絲毫沒有商務禮儀。

「理財規畫師　折原臨也」——

名片上只寫著這幾個字和手機號碼，以及電子郵件地址。

看到折原臨也這個名字後，佐佐崎觀察對方。

亮麗的黑髮配上黑色的衣服。俊俏面容上的雙眸裡，蘊藏著伶俐的光芒。不對，與其說伶俐，倒不如說是狡猾還比較合適。佐佐崎以前見過城裡被捕的殺人犯，感覺兩者的眼神如出一轍。並不是感受到他的殺人慾望，而是單純令人「猜不透在想些什麼」的意思。

要再舉個特徵，就是——那個男人坐著輪椅。

把自己帶來這裡的男孩和女孩在不知不覺間繞到輪椅男的背後，並各自將手扶在輪椅上，站在一旁。

男子的面色很好，不像身懷重病。

那麼是受傷了嗎？

佐佐崎下定決心，將心中疑問提出：

「你看起來還挺健康的，是腳不方便嗎？」

「我以前跟人大打過一架。其實只要嘗試復健，還是有可能痊癒。照醫生所講，一半是精神上的問題。」

男子苦笑著，撫摸輪椅的車輪。

「不過，並非完全不能走啦，只是無法跑跑跳跳就是了。假如你現在想殺了我，確實不好逃跑。」

「還真敢說，外面可都是你的人耶。」

在這裡或許真的能勒死他，但之後就是換自己被殺。

更何況，對方說不定在哪裡藏著一把手槍。

「……所以，理財規畫師先生，你找我這種刑警有事嗎？」

嘴上雖然這麼講，佐佐崎從一開始就不相信對方所講的職稱。他猜想理財規畫師根本就是謊稱，名字也是假名。

所謂理財規畫師，指的是幫忙規劃包含資產在內的人生，或公司之未來的人。眼前這名男子身上，絲毫沒有會為別人未來著想的氣質。

隨即，坐著輪椅的男子──折原臨也開心地說：

「當然是要談談怎麼規劃這城市的將來啊。」

「哦……是誰委託的？總不是義務性替這城市的將來著想吧？」

「名字我不能透漏。只能跟你說，是這城市的有力人士。」

「……」

聽到這邊，大概就知道是誰在他背後撐腰了。

──原來如此，意思是他是受僱於「議員」或「領主大人」手下組織的人。

──是哪一邊的勢力？要是隨便亂選邊站，也會被另一邊盯上。

心中想著果真沒好事。雖然佐佐崎實在不想跟這個男人牽扯上，但是──

臨也丟給他一個厚實的信封。

「……？」

佐佐崎不假思索地收過信封。從封口看見裡頭的鈔票後，他嚇了一跳。

「喂，你給我這個要幹嘛？」

「真是的，這叫作孝敬不是嗎？」

臨也面帶清爽的笑容，繼續說道：

「你在做些什麼勾當，很容易就能查出來。應該說，只要調查那些勾當，自然就會出現你的名字……所以就請你來吃這頓飯嘍。」

佐佐崎有一瞬間感到疑惑，但看到信封裡頭的鈔票超過五十張後，便把心一橫問：

「……所以，要我這種沒有未來的中年刑警做什麼？」

「給你這一個信封，是希望今後對我在這城市裡的所作所為，你能盡量視而不見，而另一個是……」

臨也眼睛瞇細，拿出另外一個信封。

從厚度來看，裡頭裝著的金額比之前那個信封更多。

「我為了順利經營副業，很多事情想請教熟悉這城市黑白兩道的你。」

「……也就是說，只要好好回答你的問題，就能給我那個信封裡頭的東西？」

看著佐佐崎一副貪婪模樣的發問，臨也笑著回答：

「當然。對了，你可以放心，裡面不會是報紙或千圓鈔。」

臨也抽出信封中的一些鈔票，以手指撥弄著。

確認裡頭全部都是萬圓鈔票後，佐佐崎不禁手心出汗。

——真糟糕啊。

——雖然不清楚這個年輕人是「議員」還是「領主大人」哪一邊請來的，但如果亂透露情報，反而會被另一方給盯上。

察覺到佐佐崎心中的不安，折原臨也柔和地笑著說：

「啊，我不是要你講些機密情報。是稍微了解這裡的人就知道，關於這城市的派系關係，或是組織構成方面的事。就算只是連在地人都知道的程度也沒關係。如果覺得有對你不利的部分，不講出來也無所謂。雖然如此，滿口謊言可不太好喔。」

「……只要這樣就行了？」

「是啊，你不用去管我的僱主是誰，因為我想從……講難聽點是牆頭草，好聽點是立場中立的人身上得到客觀的情報。因為這是我副業的基本須知。」

「你說的副業是指什麼……？」

「啊，說是副業，但也很像是我的本業呢。」

面對佐佐崎的問題，臨也的笑容變得有些陰沉。他開口道：

「就是所謂的情報商人。」

——是在耍我嗎？

佐佐崎心中這麼想著。

他是知道情報商人。

但那是一部分地下簽賭或酒館的陪酒小姐偶爾會給點小錢，向其獲取情報的那種人的總稱。若從警察的立場來看，比較常是用來稱呼黑道團體或是邪教團體的內部情報提供者，將他們統稱作「情報商人」。

自己是只有在戲劇或漫畫中，聽過有男人自稱為「情報商人」。

要說到徹底調查他人情報的職業，那麼自稱偵探或偵信社就好了。

何必自稱是那麼可疑的職業？

佐佐崎覺得這若只是開玩笑的話也太幼稚。搖了搖頭，面露苦笑地嘲諷：

「哦，那麼厲害啊？那麼，我昨天吃的午餐是什麼，問你也知道嘍？」

看著一邊聳肩一邊開口的佐佐崎，臨也笑著回答：

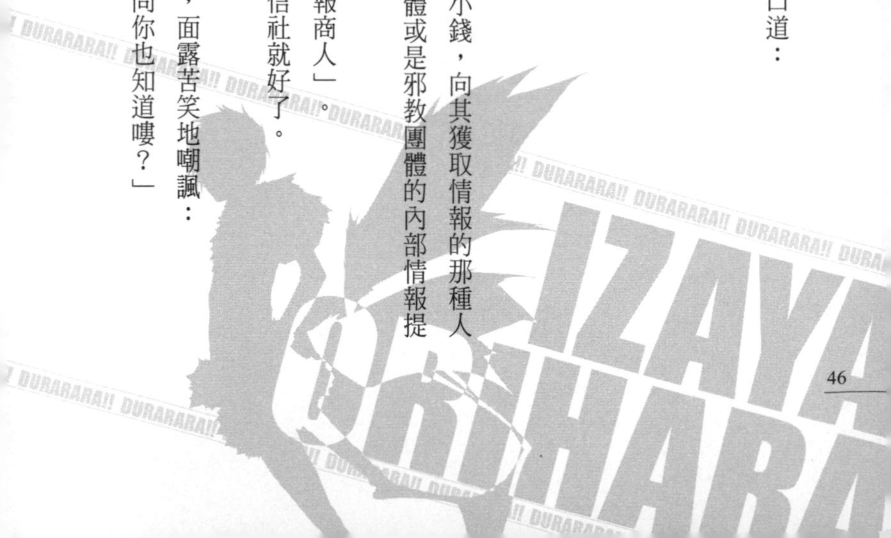

「燦燦軒的黑胡椒擔擔麵對吧？還加了兩次麵呢。」

「……」

瞬間，佐佐崎覺得自己的手心狂冒汗。

——不，他只是有調查過我，大概只跟蹤了一天左右罷了。

心中這麼想，佐佐崎為了故作冷靜而面露笑容，但是——

「午餐之後，在武野倉署內被新來的署長唸了一頓對吧？我想想，他是說『你在幹什麼我都可以裝作沒看見，但在我的任期內，可別給我被人抓到把柄』對吧？」

「……！」

聽到臨也這句話，佐佐崎臉上的笑容如冰凍般僵住。

——怎……怎麼可能？

——為什麼連那個都知道！

——那時候，旁邊有人嗎？

——這傢伙也在場？不可能！

——竊聽？竊聽警察？不對，有警察是他的內應？

心中列出許多可能，但又一條條刪除。似乎是要幫他消除腦海的疑問一般，手機的簡訊聲響起。

「你幫這城裡幾個贊助商吃案的骯髒事，要不要我整理成表格寄給你啊？」

看到簡訊中的內文，佐佐崎領悟到一點。

自稱「情報商人」的男子，免費贈送了一個情報給他。

就是——眼前這名男子，已經掌握了他的命運——這麼一個最糟糕的情報。

♀♂

「啊，各位，拍攝結束了。感謝各位。」

佐佐崎離去之後，坐著輪椅的臨也從包廂出來，對一般座位上的人們這麼說。

座位上體格壯碩的男子們面面相覷，然後向臨也問道：

「記得你是叫奈倉先生吧？只是這樣，每個人就領一萬圓好嗎？只不過是坐著，當有客人走進來，大家就盯著他看而已耶。」

「對，沒錯，做得太好了。我就是在進行這種研究。」

「這樣啊……雖然我們也不太懂，好好加油喔。」

坐在餐廳一般座位客席上的，是距離這裡三個街區之外的大學應援團團員或橄欖球隊的成員。

自稱是該大學畢業生，名為奈倉的男子，假借「想進行一項行為學上的實驗，看看突然被一群人盯著看會是什麼反應」的名義請他們來打工。在這間據說設有隱藏攝影機的店裡，不斷重複著「盯著進來的客人」的行為。

雖然覺得是個奇怪的實驗，但因為抗拒不了高額的日薪，他們沒太深究便參與了這個打工。

就算是抱持疑問不參加的人，也不會真的去大學裡察看畢業生名冊。如果真有人去調查，大概就會發現並沒有名叫奈倉的畢業生。

何況雖然他們被騙，但也沒吃虧。輕鬆賺錢拿了薪水，滿臉幸福地踏上歸途。

工讀生都離開後，男孩向正準備離開包廂的臨也問了一句：

「那個，臨野哥！擅自這樣做，會不會被店裡的人罵啊？」

聽到男孩這麼天真的問題，臨也回答：

「嗯，沒問題喔，我有事先跟這間店的老闆講好了。」

「……是威脅吧。」

這麼說的女孩嘴上說著，眼神卻望向他處。臨也聳聳肩回道：

「討厭啦，我怎麼可能會威脅人呢？就只是稍微提到店裡使用的的肉品是不是偽造了產地，對方就自己誤會我在威脅而已。」

「真搞不懂。」

「……」

歪著頭感到疑惑的男孩，與無言以對嘆著氣的女孩。

聽著他們的話，臨也手指在輪椅伏手上敲了幾下，半自言自語地呢喃：

「不過我也沒特地去解釋誤會就是了。」

「為什麼？」

將手放在頭更加傾斜的男孩頭上，臨也很開心似的回道：

「我啊，最喜歡看到人露出那種膽小的一面。」

他呵呵笑著。

與其說他這笑容是在嘲笑膽小之人，倒不如說，更像是從中感受到什麼，浮現自嘲的神色。

「人啊，不知何時會死，要更坦率一點面對喜好的事物。」

說完這麼一句莫名的話後，臨也將輪椅往前推，繼續說：

「啊啊，這真是個不錯的城市呢。很好的城市，充滿著人味。光聽佐佐崎說的內容，就讓我想在這城市住下來了。」

從包廂最後再看一眼窗外的景色，臨也輕輕地聳了聳肩，嘆了口氣。

這裡頭既是期待，又是孤寂。

「但也正因如此……這城市剩下的日子大概不多了呢。」

間章　名為折原臨也的男子①

折原臨也？

還真是個令人懷念的名字耶。

不，大概也沒那麼令人懷念。朋友或家人在聊天時，常常會提到這個名字。

每當一些騷動或古怪的事件發生時，就會談到「若是折原的話會怎麼應對？」或「這次事件的幕後黑手該不會是折原吧？」之類的話題。

聽到這裡，是不是就能理解到他是個壞蛋了？

你問我折原臨也是誰？

這要怎麼講呢。

職業的話是情報商人。

雖然表面上自稱理財規畫師就是了。

情報商人就如字面上的意思，是專營有關人的情報。

城市的政商關係，誰有參與黑社會，名人與地下情人間的關係等，只要問他大多都能知道。有時連沒有名氣的一般人的男女關係他都知道。總之，大概因為興趣是四處調查，他有段時間也從事外遇調查之類的事情。

感覺就是偶然遇到像是外遇關係的情侶，就會趁工作空檔調查他們，再把外遇的證據寄給男方女兒的傢伙。還有明明不想自殺還混進自殺網聚，盡可能地打聽完後，就偷下安眠藥讓自己開溜。

他這個人爛透了對吧？

如果你這麼想，那麼在感性上是正常的。不要靠近這種人。可以的話，一輩子都不要跟他扯上關係。

我的話，可能感性上就不太正常吧，都能跟他當朋友來往十年以上了。你也是在找到我的同時就知道，我也不是個正派的傢伙了吧？

他還活著嗎？——啊，我真是問了蠢問題，就是因為還活著才會問我吧？

雖然大家都說他或許死了，不過隨便啦。以存在感來說，他是生是死根本毫無影響，畢竟他不是能正大光明站出來的人。

我第一次見到他是國中那時候吧。

曾經一起待過生物社，他從以前開始就有點怪怪的。

對，只是有點怪怪的。

他不是個殺人狂，當然也不是個正人君子。

善與惡，強者與弱者，愛與恨，希望與絕望，資本主義與社會主義，保守派與改革派，貴族主義與平等主義……不是有這麼多對立面嗎？愛與恨是一組之類，這種難以理解的就先放著，根本上就是個非常簡單的思考問題。

假設有個鐘擺在兩個極端之間搖擺，那傢伙就是喜歡看著它搖擺。

你說是人生意義？……不對，走到這一步就像一種病了。

但是，當覺得鐘擺即將停止的時候，適當地幫助搖動，讓它跟別人的鐘擺相撞，觀察這種反應──他就是個如果不這樣做就活不下去的傢伙啦。

為了達成這個目的，那傢伙連黑道或警察都會想利用。

就算結果是自己遭到逮捕或受傷，甚至是死亡都沒關係。

說不定，真的就跟呼吸或三餐一樣呢。

嗯，一定有病。

我認為這世界真的很不合理。這種傢伙居然擁有常人所不及的情報蒐集能力。

是啊，的確是常人所不及。與其說是收集情報，到不如說是蒐集。或許在他看來，情報就是一種收藏品。

他所掌握的情報量，該怎麼說呢……超乎規格？過於狡猾？以現今的遊戲來比喻，說他是開外掛也不奇怪。

如果這世界真的有神存在，為什麼不把他從這世界強制消除啊？

你說上帝？

一般人如果獲得他那樣的情報收集與整理能力，大概會想試試看取代掌握世上事物的上帝吧。但誰知道是怎樣呢？

明明表面上的工作是為人規劃人生，他卻討厭為人管理人生的一切。雖然會想在事件背後操作，但這男人並沒有積極到會去為人管裡人生。

只是呢，他無論面對任何結果，都會歡喜地接受並一副「如我所料」的表情。

大家都被他騙了。

那傢伙全都有掌握到，一直以來全都掌握在他的手掌心。

自顧自地誤會，自顧自地絕望。當看著這樣的人的表情，他會更加快樂。

若只從性格來看，簡直就是「魍魎魑魅」加上「不可思議」——

說不定有人會對那傢伙抱持這樣的印象，實際上也不能怪他們誤會。

請你想像一下。

一個男子突然出現在自己眼前，比自己還更了解自己喔。

對於情報這個領域，他應該能說是「圓滑幹練」，也能說「豁達自由」。雖然與生死有關的話就不是豁達，可以說「生死有命」了。總之，如果有被他操弄過的人，那他對折原臨也的印象就會大為改觀。

他說不定真的就是個「畜生」。

但是呢，也不能說是壞人。

這才是最傷腦筋的地方啊……

他並不是心懷惡意才這樣做。

是真的喜歡人類才這樣做。

所謂「蠻煙瘴霧」，他就是那有毒的霧。

就算自己不想傷害對方，就只是待在周圍，對人類而言就是有害。

但困擾的是……對人類來說最糟糕的，是他會一直糾纏著人類。

愛……

對，他愛著人類。

因為對於人永無止盡的愛，他就只是想看著就好。

看著外表各式各樣的人類的表情。

無論是痛苦的表情，快樂的表情；還是人類所歌頌的愛，人類所散發的憎恨；甚至分娩或者殺人，他都一視同仁，認為這都是所愛的人類的其中一面啊。說不定，他小時候同時嚮往著上帝和惡魔。

為他人的人生軌道上準備一面意外的牆——他非常喜歡做這檔事。

對他而言，無論是漂亮地越過，經歷成長迎向歡樂結局；或是碰撞粉碎的悲劇結局，他都覺得是「出色的人生」。

記得他之前這樣講過——

——「若真的有被所有人鄙視的無趣人生，那至少我要去愛著它。但並不是出於義務的愛。怎麼說呢……就只是單純喜歡而已。」

他是這麼說的。

嗯。

我想你也理解了吧？

如果你想過正常的生活，最好的答案就是不要跟他有所牽扯。

雖然會突然被他的一時興起牽扯進去，但也不是絕對。

比起在平靜之處突然丟進一顆炸彈，他比較會選擇本來就有硝煙味的地方，或事件發生之後，再愉悅地進去參與。

也不是說「山雨欲來風滿樓」那種感覺，只是周遭跟他有關係的，還真的都縈繞著一股前兆般的氣氛呢。

如果你能察覺到這異變，趕緊從那裡離開會比較好。這樣的話，就能避免捲進他那煩人的愛，或者說癖好這類的麻煩事裡。

假如，你還想過正常的人生的話……不過，我不會阻止你就是了。

——節錄自折原臨也熟人K氏的採訪內容

二章

那個男人是誰？

武野倉市現在有兩大勢力「猖獗」。

一是掌握礦山開採權，從一般勞動者到黑道，盤根錯節遍布全市的阿多村集團。此集團掌握城市的實權。因為在檯面下甚至曾扭曲過國家法律，心生畏懼的居民們為其取了個「領主大人」的綽號。

另一個則是以名為喜代島宗則的政治人物為中心的勢力。

這個勢力與阿多村相反，從周遭的都市上至國會、各階官員，與城市外部關係廣泛良好為其特徵。乍看喜代島個人的實力無法與大企業集團相抗衡，但他也有與城市外的黑道組織聯手，是個社會上黑白兩道都吃得開的有力人士。

雙方都稍有主導城市的實力。從市民的角度來看，他們只是相互競爭與對峙的話，倒是無所謂。

但這幾年來，相互對峙的關係發生變化。

起因是這座城市的港口更新計畫。

接受以刃金市為首，周遭都市的援助，迎來包含國際機場在內的建設，一股都市開發的浪潮興起。

這是一樁如果成功，會產生數千億為單位的利益龐大事業。因為這個開發案，現在雙方嚴重對立著。

喜代島方面，雖然當初提倡共同開發，但是阿多村甚五郎拉攏港口的漁民，暗地裡煽動漁港的開發案，試圖抬高港口的價格。

察覺此事的喜代島在檯面下更進一步操作，進行提案，試圖以國家權力介入控制礦山的開採量。從開採到部分稀有金屬，與其它微量的黃金一事，以操作市場價格為藉口展開行動；不用說，阿多村採取強烈抵抗。

但是這種根本不可能通過的提案只是障眼法。趁阿多村集團疲於應付時，喜代島掌握了這城市部分的利益。

在那之後持續著各種形式的爭執，兩大勢力正如同水火一般不容。

本來這城市住起來就不舒服了——近年來還流傳著「礦山的資源也差不多要枯竭了吧」的謠言，持續著一種勢力平衡即將崩潰的緊張氣氛。

隨著時代的演進，許多人離開阿多村集團統治下的這座城市，武野倉市緩慢地迎接衰退。

雖然如此還是保持著表面上的和平，只是這樣的日常也宣告了終結。

因為眾所矚目，將繼承阿多村集團的阿多村龍一遭到不明人士殺害。

♀♂

數日後　武野倉警察署　署長室

「還真是勞煩『議員』您走這一趟。」

年紀尚輕的署長如此說道。

雖然年紀才三十有五，便坐著升官直升機就任這個地方都市的署長，但對這職位似乎只是想補個經歷。

眼鏡底下諂媚陪笑的署長，他稱呼為「議員」，年近五十歲的男子——喜代島宗則議員，帶著失望的神情對署長說：

「我也很不想過來。」

他囂張地坐進客用沙發，直盯著站在辦公桌旁的署長。

梳理整齊的頭髮裡混雜著白髮，微胖的身軀穿著商用西裝。

「實在很想從你口中聽到些可以讓我放心的話。」

「放心？」

「就是前幾天的事情。阿多村家的笨蛋兒子不是被誰給殺了嗎？」

稱呼死者為「笨蛋兒子」的喜代島，毫不在乎這話如果讓媒體聽到，將會引起軒然大波。對此，署長陪著笑臉，訂正部分發言：

「那個，還不確定是殺人案。」

「那麼你是想以自殺結案？以前的話就算了，現在的社會網路這麼發達，你不會無能到覺得這麼簡單就能吃案吧？」

「不，非常抱歉，我不是那個意思。」

「沒當作刑案來調查，我該誇獎你嗎？要是這時候把它當作自殺來胡搞，被說成是『喜代島派殺了人，並找警察吃案』就完了。光是現在就已經很多人在講是我那蠢兒子下的手了。」

喜代島一臉不悅地說著。

「蠢兒子」——他用這個詞是其來有自。

他的兒子喜代島堂馬絕對不是個令人驕傲的兒子，年輕時常仗勢父親的勢力為所欲為。現在雖然不再出現於檯面上，私底下仍跟稱為「翁華聯合」的幫派混在一起。

不過，因為原本就是喜代島與交好的黑幫從中分派過來，現在的翁華聯合可說是喜代島手下的一個棋子。

在將根據地移到這個城市後，與同樣在本地年輕人間很吃得開的阿多村龍一從學生時代以來便多次衝突，底下幫派衝突起來時，甚至會見血。

這對雙方而言都是醜聞。阿多村和喜代島彼此雖然都有壓下這些事，但就住在這城市的人們來看，阿多村龍一與喜代島堂馬關係之惡劣是公開的祕密。

正因如此，城裡很快就流傳著「殺了阿多村龍一的是不是喜代島堂馬？」這樣的流言。

「媒體那邊我是有壓下來，但還是有靠八卦吃飯的垃圾雜誌。最近的網路也不能輕忽，你們也不要弄出些話柄讓人抓到。」

「那個……有件事想先跟您確認一下，就只是一個程序。為了澄清不必要的嫌疑，可能會跟令郎確認當時的行程，請您不要在意。」

聽到署長這番話，喜代島議員露出非常不悅的表情點頭：

「……這是當然。不滿也沒辦法，我會交代堂馬配合你們的。」

「非常感謝您。」

看著一臉奉承，露出放心表情的署長，喜代島說出目前心中更擔憂的事：

「比起那個，我比較擔心被這種無聊傳言挑撥的阿多村那些傢伙會懷恨攻擊……希望不要演變成這樣的事態就好。如果只是小衝突，是可以拿來當作攻擊對方的醜聞，但要是痛失兒子失去理智，開卡車來撞我的選舉宣傳車也很麻煩。」

「我想是不至於這樣做……但我們會更加注意他們的動向。」

「那就好。還有，如果看到他們那個小三情婦生的跟我們家的菜菜一起走在街上，把他連同菜菜一起帶走也無所謂，輔導之後再通知我。」

「是，好的。」

如此回答的署長心底嘆了口氣。

——最後這項要求還真有難處，他們又不是中小學生。

讓阿多村與喜代島的關係變得更加特殊的，正是阿多村家三男與喜代島家長女間的的關係。

本來不會有交集的兩人——卻在命運捉弄下，他們在兩家關係壞到谷底之前就已經相愛了。

♀♂

同一天　阿多村宅邸　客廳

「什麼叫作『從意外與刑案兩方面展開調查』啊！開什麼玩笑！」

有一名特地看著幾天前的網路新聞，對著平板電腦螢幕破口大罵的男人。

在這稱作客廳來講都有點寬敞的空間中，房間裡有幾名男女的身影。

破口大罵的人是阿多村家的次男阿多村龍二。

前幾天剛結束葬禮，好不容易心情平復了些，開始確認消息之際，新聞上方才的描述似乎讓他理智斷線。

身高應該有超過１９０公分。配上恐怖的表情，房內一角的年輕幫傭嚇得直發抖。

緊接著，身高雖然比龍二矮，滿身肌肉的身軀卻散發著比龍二更強烈威嚴感的男人——阿多村家一家之主的阿多村甚五郎揚聲喊道：

「冷靜點，龍二。」

「老爸，你要我怎麼冷靜啊！哥哥他被喜代島那傢伙殺了啊！」

「事情還不一定就是那樣。說不定是希望兩敗俱傷的外人下的手，魯莽行事才會毀了阿多村家。」

「現在哪是冷靜盤算利害關係的時候？難道老爸你一點都不在意大哥嗎！」

對於情緒激動的龍二，甚五郎明白地說：

「是啊，比起死人，現在你更重要。」

「唔……」

「不要吱吱喳喳地吵個不停，也不要讓焦急顯露在臉上。」

雖然他的外表與性情豪放這形容十分相符，但眼神始終冷徹，以銳利如尖針刺般的視線盯著龍二說：

「你已經是阿多村集團的繼承人了。」

「……是，是的。」

一股由上而下強加的壓力，迫使龍二的腦袋冷靜下來。

一家之主的甚五郎對著周圍的家人、侍從，甚至是幫傭，亦即對著房中的所有人述說著：

「總之不要讓人看到弱點。正是這種時候，才更要比平時更加慎重行事。但並不是要你們什麼都別做；眼觀四面，耳聽八方！不要看漏城裡那些人的反應。」

「真該有所行動之時，我們將會出手，請您放心。」

說出這句話的，是站在房間一角，看起來約三十五歲左右的男人。

他是與阿多村家關係良好的黑道組織，富津久會的少主——宇田川。

「嗯……但是你們不要有太大的動作。幫我跟你們老大說，若是擔心幫會的收入，不足的部分我會補償。」

「不敢當。」

低著頭的黑道少主與表面上算是白道的父親。

兩人對照起來，龍二覺得自己的父親看起來還更像黑道，當然這話並沒有說出口。

以正常的城市來說，光是讓黑道少主直接出入住處就可能產生醜聞。但是阿多村甚五郎毫不在乎地叫少主或其他成員來宅邸。雖然沒直接把幫主叫來，但是少主宇田川在這城裡的地下社會也算頗有知名度。

也就是說，這種程度的事根本算不上醜聞。

至少在這城市裡，阿多村集團的根基就是打得如此穩當。

「雖然只是城裡的風聲……也不知道跟龍一的事有沒有直接關係，這幾天有個奇怪的傳言……」

「傳言？」

「嗯，好像有個傢伙在刻意散播有關阿多村和喜代島的傳言。」

「這種事那些傢伙常幹，還真是學不乖。」

龍二不悅地這麼說道。

雖然不管有多少那種挑釁般的謠言，他們都可以讓對方閉嘴或無視，但是……

「不，那是因為這次的傳言裡頭，散亂著對雙方而言有利與不利的各種情報……」

「那是在案件發生之後，人們自己亂推測亂傳的吧？」

「問題是，那個謠言裡頭也講對了幾件事。就算只是瞎猜中，但畢竟裡面也有提到我們的事情，現在幫裡正在查明出處。」

「……」

聽到這句話，房裡面的人皆沉默以對。

「還有，就是……其中有和久少爺和喜代島家小姐的謠言。」

「咦……」

對此，房中一名男性馬上有明顯的反應。

是個二十歲左右年齡的男性，他的名字叫作阿多村和久。

阿多村家的三男跟父親或兄長不同，沒有特別高也沒有特別壯，散發一股著人畜無害的氣息。

「和久，你這傢伙……」

面對這位弟弟，龍二毫不掩飾臉上的厭惡表情說：

「你該不會還在跟那女人交往吧？」

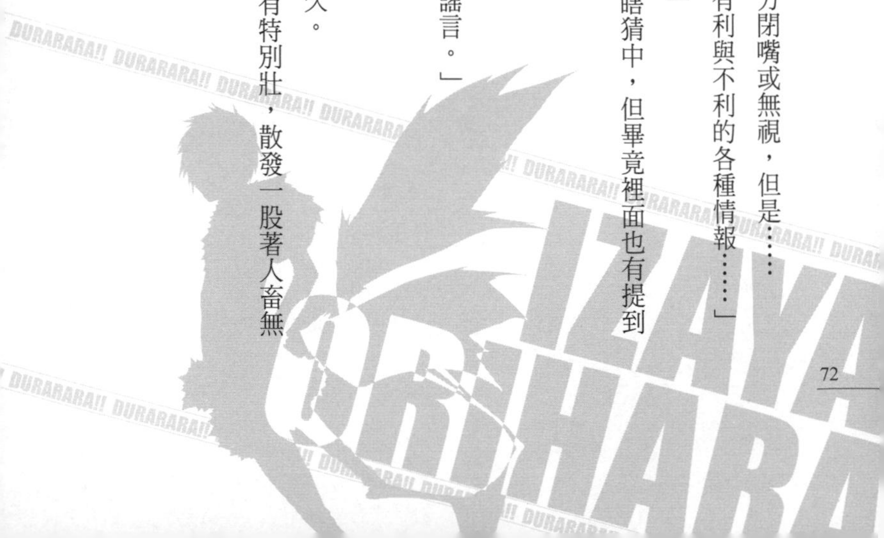

「……這跟哥哥你沒關係吧。」

「怎麼會沒有關係！那些傳言該不會就是你講出去的？」

「我沒有給你們添麻煩。我能散播什麼，你和父親那些事是我能過問的嗎？」

這麼說的和久視線望向他處。龍二抓住他的衣領怒吼：

「我是說，你這傢伙本身就是個麻煩！只是個身上流著骯髒妓女血的……」

「龍二。」

像是要讓次子閉嘴似的，甚五郎平穩地叫著他的名字。

就只是這樣，龍二便汗流浹背，再也說不下去了。

因為他在父親看似冷淡的言詞裡頭，感受到明顯的怒意。

「骯髒的女人？你是說我『選上並掏錢買的女人』骯髒嗎？」

「啊……不是……」

這房間裡的人都發覺到重點不太對，但沒有人指謫甚五郎的話。因為大家都知道，對阿多村甚五郎來說，無論是相親結婚的老婆，靠錢維持關係的小老婆，都等同「所有物」罷了。然後，無論是兒子龍二還是和久，與其說是「家人」，終究不過是以「所有物」來看待。

「我之前也說過了，的確對你來說是不同母親，但從一半流著是我的血來看，對我而言你跟和久都一樣。龍二，你是在無視我的血緣，瞧不起和久嗎？」

「不，不是……」

「那你是在拐著彎罵我嘍？罵我這作父親的？」

父親這話，令龍二的背脊不禁打了個寒顫。

龍一和龍二在學生時代開始就惡名昭彰，不管在外怎麼作惡都不曾被雙親罵過，甚至大多被幫忙掩蓋掉。

但是，當有次龍二遇到打架打贏自己的男人，威脅地說「小心我叫我老爸讓你全家流落街頭」時，被他父親甚五郎拿十字鎬敲穿了大腿。

——「你別誤會了。」

發出慘叫在地上翻滾的龍二，耳裡迴響著父親冰冷的聲音。

——「你是我的寶貝兒子，就算你殺了一兩個人，我也可以幫你掩蓋。但我沒有打算連我的地位都給你，也沒有聽你使喚的意思。」

——「為什麼老子我要為了你，費力去讓人流落街頭？不讓媒體知道，毀掉一個人的人生這事情可是很費力的喔。而且你還光明正大地搬出我的名號，跟對方宣告『要讓你全家流落街頭』。你讓我做這麼麻煩的工作，是能給我什麼好處？」

──「有空搬出我的名號嗆人，倒不如看是要背地裡下手還是怎樣，把人撂倒嘛。反正不小心殺死了，再來掩蓋掉就好。」

想起父親獨特的倫理觀，龍二大腿的舊傷又隱隱作痛了。

「等一下啦，老爸。抱歉啦，我不是那個意思，是我失言了。」

「是喔，那就好。」

回答完臉色發青的龍二後，甚五郎接著和和久四目相對：

「然後，怎麼樣？你真的還在跟喜代島的丫頭交往嗎？」

「……最近沒見面了，也不是能見面的時候吧。」

「是嗎……這不關我的事，但不要做出什麼被喜代島利用，變成我們阿多村弱點的舉動喔。到時先不說你，那個丫頭就得解決掉了。」

「什麼……她跟家裡那些紛爭沒關係吧！」

看著焦急地正面瞪向自己的和久，甚五郎回道：

「不管你和那丫頭有沒有那個意思，你真的認為喜代島會那樣解讀嗎？我在這裡講『隨你高興』，你覺得你自己真的就能解決問題嗎？明明被牽扯到家裡的紛爭，四處流言蜚語，為什麼你能這麼肯定地說『跟她沒關係』？」

「……」

和久說不出話來，但目光並未從父親身上移開。

「算了。排除掉和喜代島的關係，既不是政客也什麼都不是的那個女小姑娘，對我來說根本無關痛癢。總之這些麻煩事處理完之前，你給我安分點。」

「……知道了，爸爸。」

「話說回來，竟然敢正面瞪我……看來和久比龍二更有膽量呢。」

看見父親呵呵笑著，龍二咬牙切齒地瞪向和久。

可能是怕又不小心說錯話惹父親生氣，他並沒有開口。

過了一會兒，甚五郎再次向包含傭人在內的房裡所有人宣告：

「你們也是，不要隨那些低劣的流言起舞。還有，注意別變成散播流言的根源。」

「啊，這麼說來，我想起一件事了……」

靜待甚五郎話說完後，宇田川開口插話。

「什麼事？」

「Orihara Izaya，您有聽過這名字嗎？」

「……沒有，第一次聽到。」

環視房內，無論龍二還是和久的臉上都面露疑惑。

「那個Orihara什麼的……是怎麼了？」

「是叫作Orihara Izaya。因為在查明傳聞時常聽人提起這個名字，有點在意。雖然不知道是不是就是他在散播謠言，也有可能只是巧合。因為沒聽過這名字，想說還是問一下。」

「你查過這個人了嗎？」

「私下去調市公所的資料時有找到，看來不是這裡的人。說不定用的還是假名……上網搜尋也搞不太清楚，至少要知道漢字怎麼寫才行……」

姓是「折原」還是「織原」這點先放著不談（註：兩者的日文拼音皆為Orihara），光是名字的「Izaya」就讓宇田川他們不知道該怎麼選字了。直接用片假名搜尋也沒什麼結果，用伊座也或伊座夜搜尋也一樣（註：兩者的日文拼音皆為Izaya），調查至此便束手無策了。

「不過講出這名字的人，感覺也是一副聽人講的，應該沒有直接跟那傢伙見過面。總之我們今後還會持續追蹤。」

「嗯，任何細微小事都別放過。這時候才來這城裡的人，大概也是喜代島那邊的吧。你們也把這名字記好，提高警戒。」

甚五郎對著房裡所有人講的這句話，令一個人產生動搖了。

——已經太晚了，老爺。

在幫傭當中，一名穿著舊式女僕裝的年輕女子在心底低語著。

她的名字叫作新山薊。

是來上班不到半年的新幫傭。

她強忍住不將心中的動搖顯露在臉上，故作平靜地佇立於房中一角。

——我講不出口啊……

——和久少爺和喜代島家小姐的關係……

——把這事情告訴Orihara的人，就是我。

♀♂

兩天前

自稱Orihara Izaya的男子，真是個奇妙的男人。

當薊在休假日出門買東西，於在公園休息時——

一名被兩個小學生左右年紀的孩子推著輪椅，來到長椅旁邊的男子，像個老朋友般跟薊搭起話來：

「哎呀，妳是怎麼了啊？怎麼一副愁眉苦臉？」

「……你是哪位呢？」

薊還以為又是來搭訕，但帶著兩個小孩來搭訕也太富衝擊性。實在對這個人沒有印象，她想說隨便應付過去。

但對方接下來說出的話，讓薊不得不理會。

「啊，雖然是第一次見面，但是妳很有名耶，新山薊小姐。」

「……為什麼知道我的名字？」

「妳很有名啊，能在『領主大人』的宅邸裡工作，簡直就是平民夢寐以求的事。」

「……！」

她驚慌地看看四周。

因為她覺得可能是「議員（喜代島）」派為了從她身上挖出宅邸內的情報才前來接觸。

「啊，不是不是，我沒有要對妳怎樣啦。真要那樣做，也不會在這種地方跟妳搭話，一定是夜路上開車擄走你比較快。」

爽快地說出嚇人的話後，男子自己報上名來：

「我是折原臨也（Orihara Izaya），才剛到這城市不久，還不太清楚這城市的潛規則，所以正四處跟人打聽呢。」

「Orihara……Izaya。」

薊雖然覺得這名字奇怪，但可能是有小孩跟著，讓她多少安心點。她決定先不逃跑，聽聽看對方怎麼講。

「是啊。我去跟走在公園裡頭的大嬸們打聽，她們就說有個很好賺的地方請了不少幫傭，接著就說『你看，在那邊那女孩……新山家的小薊也在那宅邸裡頭當女僕呢』。我因此有點在意才過來的。」

薊認為對方在騙人。

她是外地人。

這附近公園裡的主婦不可能會用「新山家的小薊」這種說法形容自己。

薊正在煩惱該拆穿這個謊言，還是裝作被騙的樣子時，自稱Izaya的男子開心地繼續說下去：

「哎呀，我是沒打算要妳告訴我阿多村家的祕密，或是犯罪的證據。說難聽點，那一家要是連那種祕密都讓幫傭知道，早就被喜代島他們搞垮了。」

「……」

「我只是想知道這城市的情況罷了。差不多是妳會不小心跟朋友說溜嘴的那類傳言就好。那種偶然在街頭巷尾被聽到也不會有問題的，或是早就已經在這城裡流傳的事情也沒關係。」

「那對我有什麼好處呢？」

男子回答薊的問題：

「關於這點，是可以說用錢來回報妳這個問題，但這樣可能會讓妳覺得自己像是間諜。如果妳不喜歡這樣子，那就當作八卦交換也可以。」

「例如呢？」

「像是你看不順眼的人的把柄。這種程度的事，我馬上就能查到。」

「那樣的話，連喜代島議員的事也可以嘍？」

薊嘲弄似的嘻嘻笑著，但看著她的臨也卻爽快回答：

「當然可以。」

「……」

「那種地位的人，可能會需要點時間。但其實最花時間的是認真工作的上班族之類的。也有那種沒有明顯把柄的人，太過平凡的人要花比較多的時間才能找到線索。」

他到底是認真的，還是在開玩笑？

薊不知道該怎麼回答，急忙轉移話題：

「你的腳，受傷了嗎？」

「嗯，以前在東京玩得有點過火。」

「這個輪椅真是奇特呢。」

「這算是訂製的。雖然是電動的，但基本上還是得自己動手，所以才請那兩個孩子幫忙推。」

「是你的弟弟和妹妹？」

「啊……也算是，算是親戚的孩子託我照顧。」

——算是？該不會沒血緣關係？

雖然在意臨也所說的話，但看著前述孩子們的笑容，她決定不再在意這件事。

「不過，至少是個會讓孩子想黏著的好人呢。」

「這要怎麼說呢？說不定我是漢姆林的吹笛手喔。」

看著像在搞笑般說著的臨也，薊被逗笑了之後，開始娓娓而談。她覺得都聊這麼多了，不告訴他點「八卦」也不太好意思。

但他能說的八卦，其實也相當有限。

「……我想想，這可以說是八卦嗎？雖然是以前的事情了……」

然後，她把這當作閒聊般聊了起來。

自己略有耳聞的八卦。

有個本來什麼都不知道，由母親帶大的單親家庭少年。

他跟某議員之女墜入愛河，兩小無猜。

但是母親病歿，父親來接走他。

這個少男是外遇所生。似乎是考量到大老婆已經在幾年前的意外中亡故，於是就認了他，帶回家養育。

但是，這時候少男得知了一件事。

自己所愛的少女，是與父親敵對之人的孩子這件事。

「原來如此，簡直就像現代版的羅密歐與茱麗葉呢。最後這兩人會自殺嗎？」

「這麼畜生的話，你居然講得這麼順口……」

「我覺得是人都會這麼想耶。」

看著聳聳肩笑著的臨也，薊嘆了口氣：

「因為庶子突然變成遺產繼承候補者，哥哥龍一和龍二對他也相當冷淡，常背著老爺欺負他。」

話說到這才發現，自己開始說起不能說的事，薊臉色一變說：

「啊，那個……這件事不要說是我說的……」

「放心，不洩漏情報來源也是我的工作之一。」

臨也輕輕一笑後，抬頭仰望天空，半自說自話似的地開口道：

「羅密歐與茱麗葉的故事裡，我最喜歡的地方，是他們死後還有一段故事。不是在兩人迎來悲劇結局時就畫下句點，而是讓觀眾看到在那之後登場人物們的反應。這真的很不錯。不過，這完全是我個人的喜好罷了。果然就悲劇來說，在我心中會有股慾望，想看看罪魁禍首們的反應如何呢。」

「是這樣呀。」

「是啊，雖然我喜歡看迎來悲劇結局的人。但對我更重要的是，逼著人們看著這一切會有何反應。」

「這興趣不太好呢。」

薊感到傻眼地說道。

但是，臨也卻自己回答「我常被人這樣說呢」並再次聳肩。

「不過，請妳別誤會，我不是只喜歡悲劇，也很喜歡大團圓那類的喜劇結局。只要人心在那當中有所變化，我就很滿足了。」

說到這裡，臨也懷裡的手機突然響起。

「哦，是簡訊啊……差不多該回去了。謝謝，妳幫了我一個大忙。」

「不，沒有那種事。」

「我覺得還會再跟妳見到面。」

說了句像是在搭訕的話後，臨也喚了喚孩子，就此離開公園。

最後回頭轉向薊，開朗地高聲說道：

「在那之前，妳要好好想一想喔，想想要知道誰的把柄。」

「……」

應該先問他聯絡方式嗎？還是不要再跟他有所牽扯，忘掉這回事比較好？

這問題讓薊一時間不知該如何是好。此時，在她耳旁響起男孩的聲音：

「吶，臨也哥！『庶子』是什麼意思啊？」

「……啊。」

還以為小孩子只是在旁邊玩，但好像被他們聽到內容了。

薊因為尷尬而轉開視線，在她一旁的臨也開心地笑著回答：

「要解釋庶子的話，說是嫡子的相反，會不會比較好理解啊？這會產生許多人生戲曲，所以我還滿喜歡的。有那種可以跟嫡子快樂地生活在一起的庶子，當然也有完全相反的。哎呀，光是聽到為人所不知的血緣關係，就讓我非常興奮呢。」

——這個人，該不會很差勁吧？

薊在心中默默慶幸自己沒有跟他要聯絡方式。

在薊的面前，男孩就像手掌中的文鳥一般斜著頭，一臉疑惑。

「樹紫？笛紫？那是什麼？」

「什麼都直接要我回答也不太好。自己先查查看字典怎麼樣？不行的話，問其他人也可以喔，像是薊小姐。」

「……」

站在男孩旁邊的女孩，在一旁冷眼盯著臨也瞧。

看來女孩也不了解那些單字的意思。

「……臨也哥哥好差勁。」

「我常被這樣說，謝謝。那麼再見，差不多該回去了。」

「……」

小聲嘆了口氣的女孩往薊的方向看去。要離去之際，那小嘴口開說道：

「姊姊，不要跟這個人有牽扯會比較好喔。」

那雙眸滿盈著暗色。她用只讓薊聽得到的聲音說：

「……會像我們一樣，人生被弄得一團糟。」

♀♂

現在

幫傭想起這件事。在她前面，龍二揚起煩躁的聲音：

「既然我們都沒有頭緒，那個叫作Orihara的一定就是喜代島的手下。」

「不過，也可能是不屬於兩邊陣營，毫無關係的一般人或雜誌記者。」

宇田川一副下定論還太早的語氣補充。甚五郎對此表示認同：

「嗯。但是不管怎樣，我們的事情被這樣四處流傳也挺頭痛的。要是找到他了就想辦法讓他閉嘴。可以用錢解決的話最好，如果他要求的太多，就看情形來硬的——雖然想這麼說啦，但這樣可能正中喜代島的下懷，所以不要輕率下手。」

對於一家之主甚五郎說的話，房裡全部的人都點頭同意。

只有一個人，其中只有薊這名女傭眼神顯露著緊張。

不過因為她沒有抬起頭來，沒有任何人發現這件事。

然後，房間裡還有另外一個眉頭深鎖的人。

正是富津久會的少主宇田川。

他有一個情報刻意沒在此說出來。

流傳於城市的流言之中，混有一個「真正的事實」。

那就是——「富津久會的內部，有好幾個喜代島派的間諜」。

宇田川本人當然不是那個間諜，但確實有己方的情報流出到對方那裡去。恐怕交付情報的並不只是一兩個人。

但也不能在此承認這件事屬實。

——不過，搞不懂啊……

宇田川心想。

如果這種流言是刻意被人放出來的，那是誰？又是為什麼要這樣做？

假如放出流言的是喜代島派，很難想像會特地將有間諜的存在講出來。這可能是想讓我們疑心疑鬼進而內鬥，但就算這樣，也無法理解為什麼要將真的情報混雜在城市的流言之中。

假如是阿多村陣營放出的流言，又想通不為什麼要破壞富津久會的名聲。是有想取代富津久會，拉攏阿多村家的組織嗎？

腦海中浮現出數個疑問又消逝而去，怎麼樣都無法整理出個答案。

只能依靠唯一一個線索，打破這個局面。

——受不了，真討厭這個走向。

Orihara Izaya。

如果在這些流言中心的是這個男人，一定得想辦法找出他來。

就算帶到面前時已經是具屍體了。

即使現在他是中立的一方，一旦被喜代島派拉攏過去，那就會變成阿多村派最麻煩的存在。

二章
那個男人是誰？

♀♂

一個星期後　深夜　夜店「闇住持」

「Orihara Izaya？誰呀？」

位於都市沿海處的夜店吧檯上，眼神銳利的男子皺起眉頭。

年輕男子穿著華麗的夾克，乍看一臉正派，但其舉止可以看出並非白道中人。

「目前富津久會好像在找他。」

坐在旁邊，身高超過兩公尺的光頭巨漢靜靜地點頭。

由於十分壯碩，雖說坐在隔壁，但也有隔一個座位。

光頭男子那龐大的身軀上下產生振幅般深吸一口氣後，開口說：

「至於找他的原因，我威脅以前富津久會的一個舊識才問出來……似乎因為他在散播一些奇怪的流言。」

「流言？」

「就是對你老爸和阿多村那群人之間的那些紛爭，講些有的沒有的，連你妹妹和阿多村家三男的關係也是。堂馬，你跟我們『翁華聯合』的關係好像也被四處傳開了……你真的沒有頭緒嗎？」

「沒耶……可惡，那個叫作OriharaIzaya的傢伙是什麼公民記者嗎？開什麼玩笑，都讓好幾個意外死亡了，還是學不乖。」

被他們稱作堂馬的男子，口中一邊講著些可怕的發言，一邊喝下杯中的酒。

他是喜代島宗澤的長子。關於這次阿多村龍一事件，認識他的人都說「是他把學生時代以來的恩怨算了一次總帳」。

雖然他有確切的不在場證明，但因為他和「翁華聯合」的人有層關係，只要交代人去做就好，因此懷疑是他主使的也不奇怪。

堂馬知道過去也有些想把阿多村和喜代島的爭端寫成八卦報導的自由撰稿人，其中跨越界線的人，最後不是溺水就是失蹤。

所以，那個叫作Orihara Izaya的男人也是在散播流言，煽動這座城市，想把後續的事情寫成報導，賣給雜誌社的人嗎？

心中如此想著的堂馬焦躁地說：

「呿……這全都是蠢蛋龍一自己找死。雖說我本來就有打算殺了那個傢伙。」

「我再跟你確認一下，真的不是你做的？」

「當然啊！」

聽到光頭巨漢這麼問，堂馬用力將玻璃杯放到酒吧吧檯上，大吼著：

「雖然聽說他雙眼被挖出來，但換作是我，一定把他全身上下的皮扒下來！你們翁華聯合才是，沒有人擅自行動吧？」

「我是不敢說沒有，但就算有也絕對不會對給你帶來麻煩。如果有什麼事情，我會擺平。」

「我很清楚蓼浦你的實力啦。」

他稱作蓼浦的光頭男子，是個跟任何黑道都沒有關連的不良青少年族群愚連隊——俗稱「半灰」的人們所組成的地痞集團，「翁華聯合」的頭領。

對堂馬來說是從小就認識的玩伴，也利用他來掩護自己做的壞事。不過話說回來，蓼浦也是借助堂馬父親的權力，說是互相利用的關係會比較合適。

就如同身軀壯碩的外表，他擁有常人所不及的臂力，以擁有能獨自推倒一輛輕型汽車的力量而自豪。

堂馬雖然沒有掌握翁華聯合的全部勢力，但單從人數來看比富津久會還多。富津久會是自昭和時代獨自打拚下來的組織，之後由阿多村家掌控，並不屬於其它黑道組織麾下；所以就算與富津久會產生衝突，也不必擔心有其他都市的勢力介入。

這就是翁華聯合這種半灰能夠與富津酒會這般組織對抗的原因——但不知道內情的半灰們以為翁華聯合擁有「與黑道相抗衡的實力」，擅自加入導致人數日漸膨脹。

現在在夜店裡的，幾乎全部都是翁華聯合的成員。就算富津久會的人攻進來，只要對方不拿出槍枝，大概都有辦法應付。當然拿衝鋒槍進來掃射就沒辦法了，不過對方也不至於糊塗到會把事情鬧這麼大。

對堂馬而言，這裡某種程度上比家裡還安全，因此把這裡當作據點。

但在如此自信的他的背後，有個人向他搭話。那聲音略顯沙啞，語氣卻凜然。

「抱歉，請問是喜代島堂馬先生嗎？」

「啊？」

向他搭話的是個與這場合不太相襯，有如咖啡店老闆風格的老者。

對方站得直挺挺，不禁讓人想到祕書或是管家之類的職業。

根據那個站姿，堂馬心想又是父親派來的人。

「跟我老爸說，我已經不是小孩子了，不要一直命令我。」

「不，鄙人非受喜代島宗則先生之託而來。」

「啊？」

當聽到第一人稱使用「鄙人」一詞時，就覺得就不太可能是管家或祕書了。

——話說回來，鄙人……以為在演古裝劇啊？

那麼，這個老人到底是誰？

雖然有此疑問但想不到答案。有可能是富津久會的人，但又覺得富津久會的人不可能有膽一個人來這裡。

——這個老頭是怎樣？

雖然可以把他趕走，但若是與其他政治家有關的人物，那就有點麻煩了。

活到二十八歲，自認多少還有點判斷能力的堂馬在心中這麼說服自己，冷靜地問：

「所以說，你是誰啊？從太秦電影村（註：位於京都，是東映電影製片廠專用的江戶時代外景地）來的嗎？」

「抱歉，鄙人名為坐傳助（Sozoro Densuke）。請不要在意我這老人的說話方式。」

「那麼，Sozoro先生找我有什麼事？」

「鄙人的僱主，想跟堂馬閣下通個電話。」

老人從懷裡取出手機，伸手交給堂馬。

「啊？」

「電話已經通了，請您接上。」

——……該不會是手機型的炸彈吧？

雖然疑惑，堂馬還是接起這通電話。

「喂？」

『啊，您好。請問是喜代島堂馬先生對吧？』

「你是誰啊？」

堂馬心中想著到底是什麼惡作劇。在那之後，電話另一頭說出個更令人感覺是在開玩笑的詞彙。

『我是Izaya喔。折原臨也（Orihara Izaya）。』

「……啊？」

一瞬間感到混亂後，堂馬馬上恢復冷靜。他將視線望向坐在旁邊的蓼浦，故意再將對方的名字複誦一次：

「你說你是Orihara Izaya？」

「！」

蓼浦瞇細眼睛，看向那個老人，慢慢從椅子上站起來。

他從位子上走開幾步後，向不遠處的翁華聯合的人比了個手勢。

那個暗號的意思是「接下來可能會發生衝突」。

理解意思的部下們迅速起身，並開始讓少數不屬於翁華聯合的一般客人離場。

既然是會來翁華聯合主場的這間店的那些「一般客人」，當然也很了解那些潛規則，沒有抱怨便離開了。

在這些動作發生的同時，堂馬持續跟電話的另一端對話。

「Orihara Izaya……沒聽過這個名字耶。哪個鄉下來的啊？」

『真是的，就不要在那邊套話了。為你收集城市裡情報的蔘浦，雖然看起來腦袋也像是塞滿肌肉，其實是個聰明人，挺能分析市裡的情報對吧？你怎麼可能會不知道我呢？』

「……你這傢伙，到底想怎樣？為什麼要到這城裡來？」

對於語帶不屑的堂馬，自稱臨也的男子回道：

『我是個情報商人，所以想跟你買點情報來賣。當然會支付報酬，可以是現金。不過如果你有需求，也可以用其他你有興趣的情報來支付。』

「你說情報商人？以前有很多自稱這種人的，每一個都是想賺點小錢的垃圾。我當然會聽他們講些什麼，聽完再好好教訓一番啦。」

『這還真是嚇人。教訓我可吃不消，就聽我講一下好嗎？』

情報商人的語氣好像在開玩笑一般。

堂馬保持警戒，慎重地挑選用詞：

「你這樣說就更讓人不爽了。也不看看時機，就算你講的對我再有利，你都像是阿多村派過來的間諜。」

『的確，但沒必要談論我的背後是誰。就算我是被你父親或是他旁邊的政治家請來的，也不可能跟你說；又或許是死掉的阿多村龍一請我來助你逃出困境喔。』

「你在說什麼？那個笨蛋怎麼可能會想幫助我。」

『你說呢？你們過去不是有段期間合作過？記得是好幾年前，驅逐其他縣市來的暴走族那時候。』

堂馬不自覺地瞇起眼睛。

確實曾有那麼一回事，都已經是十年前的事了。

而且這完全是在背地裡聯手。知道這件事的，應該只有阿多村統合的那些不良集團，和還不過是小暴走族時的翁華聯合的部分幹部。

「……我不知道耶。你的情報是這種無中生有的流言，看來也不怎樣嘛。」

『那還真是抱歉。那麼在那之後，阿多村龍一想要調戲你的妹妹，才會造成關係決裂，也是無中生有的流言嘍？』

「……」

——為什麼？

——為什麼這傢伙連這個都知道？

——知道這件事的沒幾個才對，應該就連蓼浦都不知道。

——是龍一……？這傢伙該不會真的認識龍一吧……？

——不對，龍一不可能自己說出來。

堂馬腦海中的警戒鈴聲大響，但為了故作從容，表現得很不屑。

「……你這傢伙是腦子長蛆了啊？還是嗑太多，腦子都裝藥了？」

『如果你的意思是我是不是瘋了……的確，從一般人來看，也許是瘋了。不過，要是能跟你直接見面，我想你就知道答案了。坐先生會引領你到我所在的地方，能勞煩你走這一趟嗎？』

「啊……？不，不用了。你不是瘋了，我看你就只是個笨蛋。」

堂馬笑得一臉得意，對背後翁華聯合的男子們大聲說：

「不是我要過去你那邊！是你要給我過來！」

『……』

「你就只有這個選擇，不然就等著幫這個叫作Sozoro的老頭收屍吧。我們可是會拔了這老頭的指甲，逼問出你的住處。要我去你的床邊辦個烤肉派對也不錯，烤到連你的家都燒了。」

堂馬臉上浮現殘忍的笑容，盯著那個老人看。

「就先五百萬好了。是個能幹的情報商人的話，這點錢不算什麼吧？」

店裡面的一般客人都已經離開，店員裝作沒看到這回事。

往出入口和後門的路都各站著幾名翁華聯合的成員，已經部屬好不讓老人有逃走機會的陣仗。

「就是這麼一回事。有那種瘋子老闆，就只能怨嘆你自己倒楣吧，老頭。」

就算聽到堂馬這席充滿憐憫的話，名為坐的老人的表情依舊沒有變化。

只見他調整了下眼鏡的位置，嘆了口氣。

從電話中傳出偏主像是在開玩笑的聲音。

『我的天啊，你一點敬老精神都沒有嗎？』

「派老頭來這種地方的人少講這種話。」

——哼，還在逞強。

——就讓你聽聽老頭的哀號吧。

以眼神指示手下後，翁華聯合的年輕成員走近坐的背後。

手上拿著紅酒瓶，大概是想用那個打他吧。

——看他的反應，就知道這老頭是不是棄子了。

就在堂馬這麼盤算時，電話那端就有反應了。

『話說回來，堂馬先生，你的價格設定錯嘍。』

「……啊？」

『如果坐先生被你抓住……就算要我拿出一億也不會心疼。』

喀咚一聲，從堂馬背後傳來低沉的聲響。

雖然心想是紅酒瓶敲打到人的聲音，但接著傳入堂馬耳中的，卻是翁華聯合的年輕人的哀號聲。

「啊啊啊啊啊！啊啊啊啊！」

「！」

回頭一看，本應拿著紅酒瓶的年輕人在地上翻滾，手肘和肩膀部位的關節更呈現奇妙的彎折。

不知何時，老人的手中已握著本應在年輕人手上的紅酒瓶。

「五百萬……呵，鄙人只值五百萬嗎？」

老人思索著並環視四周，然後對堂馬行個禮。

「你……你這個……」

趁老人行禮時，有個男子從背後想要抓住老人，卻被紅酒瓶的瓶底由下往上擊中了下巴。

似乎是因為配合行禮的動作，拿著酒瓶的那隻手繞到了背後。

下巴破裂，口中不斷湧出血泡，襲擊者癱倒在地。

當著周圍看傻了的人面前，老人一邊嘆著氣說：

「抱歉，這個價格的設定是不是有點搞錯了？」

他跟堂馬如此表示，手一邊伸向兩個跳向他而來的年輕人。

左右開弓的雙手緊握住襲擊者的喉嚨，大拇指就好像要捏碎喉結一般深陷其中。

就此身子一轉，將這兩個已經失去意識的人順勢扔出。

「嗚喔！」

翁華聯合的成員哀號著，一邊拉開距離。

「如果鄙人我老得能被你們抓住……那鄙人就連一圓都不值了。」

坐的口氣絲毫沒有變化。說完這句話後，他低吟一聲陷入思考。

「但是，『有這種瘋子老闆很倒楣』這點倒是講對了。都讓我覺得活了七十年，是不是今年犯太歲了呢。」

『我有聽見喔，坐先生——能幫我跟坐先生轉達這句嗎？』

手機裡頭傳來這樣的聲音，但早已無法傳達到堂馬的耳裡。

「喂……喂！在幹嘛！別管了！東西都拿出來！」

堂馬膽怯著從吧檯座位上站了起來，手上緊握著手機，退後了幾步。

在此同時，只比蓼浦矮一個頭的成員把包廂裡頭的小桌子高舉過頭，逼近坐。

「去死吧！臭老頭！」

小桌子被拋出。

坐微微一個側身便閃過桌子，接著他踩上桌子，藉此輕輕一跳站到吧檯上。

在這過程中，紅酒瓶使勁地往壯碩男子的頭頂上砸下。

「嘎啊……」

男子翻白眼昏了過去。

店裡剩餘的十多名男子各自拿出刀子與電擊槍，但是沒有人覺得這些東西對這個老人有用，無人向前踏出一步。

雖然一起上有可能打倒他，然而誰都不想當那個「絕對會被老人反擊的第一個人」，各自以視線牽制著。

趁這數秒的空隙，老人伸手到酒架上，挑出兩瓶酒精濃度非常高的酒，舉了起來。

「老闆，稍後將會賠償。先出手的是他們，所以請您諒解。」

「咦？」

無法跟上眼前情況的老闆，站在吧檯內驚愕得說不出話來。坐對他道歉後，將其中一瓶瓶蓋打開，在瓶口塞入不知何時拿出來的手帕後——拿出打火機點火。

確定手帕一端已經點燃，坐毫不猶豫地瞄準店家入口，投擲出去。

「慢著……」

不知是道誰發出這麼一聲蠢話——酒瓶在入口附近的地板上破裂，噴發出十分豔麗的火焰，迅速蔓延開來。

「這老頭是來真的啊！」

「滅火！滅火！」

每一個人都緊盯著那火勢。

實際上，不是汽油，而是由酒精構成的汽油彈幾乎都馬上能撲滅。只要沒有燒到吧檯，就不會有什麼危險性。

不過坐故意沒有說出來。

只要剛剛握在手中的酒瓶，點上火後能燒起來就好。

趁著在入口附近的男子們匆忙滅火，坐已經採取下一個動作。

他將幾個玻璃杯放在吧檯上，從吧檯上跳下，以酒瓶瓶底敲破這些玻璃杯。幾秒之內，這些被瓶底敲打好幾次的玻璃杯已經破裂四散於吧檯上。

他將這些碎片捧在手掌中——以投球一般的姿勢，狠狠投向店內的男子們。

玻璃碎片就有如散彈一般散開，往男子們身上裸露的手或頭部砸去。

「唔嘎？」

「這傢伙！真的很難搞！」

陷入慌亂的男子們當中，一半還顯露著敵意；另一半的人已經發現面對這個老人的不利局勢。

「喂，快點叫支援！鐵棒、球棍都好！拿長一點的東西過來！」

「快去後門，叫人來！」

♀♂

後門

後門傳來陣陣敲打的咚咚聲響，但那扇門沒有被打開。

門把跟旁邊樓梯扶把上纏著好幾圈鐵絲，一般人的力氣並無法打開。

有兩個國中生左右年紀的男女靠坐在這扇門前。

門已經大力搖晃了好一陣子，伴隨著「可惡！怎麼打不開！」的叫喊聲，從內側傳來幾響拳頭或腳踢上門的聲音。

背上傳來這樣的震動，但孩子們沒有離開門前。

「背後這樣咚咚響著，還滿舒服的耶！」

男孩的聲音非常有精神，在他旁邊的女孩默默玩弄著什麼。

是個原本需要使用執照，能對手機訊號進行局部干擾的裝置。

雖然是市售的小型產品，對於店內手機的干擾卻極具威力。

另一方面，男孩手上拿著已經使用完畢的園藝樹剪。

這是用來切斷電線桿與內部連接的電話和網路線路。男孩洋溢著天真的笑容，向面無表情玩弄著干擾裝置的女孩搭話：

「欸欸，好像進行得很順利耶，臨也哥會不會很開心？」

聽他這麼一講，女孩想了一下，依舊面無表情地回答：

「……我認為就算我們失敗了，臨也哥哥也會很開心。」

♀♂

店內

「可惡……手機！打不通！怎麼會打不通啊！」

男子們如此大喊著，並有點陷入驚慌中。

老人對此毫不在意，從吧檯上一手抓起玻璃碎片，再次舉高投擲出去。

如果砸到眼睛，有可能會失明。

查覺到這件事的男子們一齊遮起眼來——就連應該習慣打架的蓼浦，都有一瞬間不小心移開了視線。

但此時並沒有玻璃碎片飛過來，而是在店內迴響著微小的水流聲。

「啊……？」

喘息之間，老人就跑近遮著眼睛的堂馬身旁，並將剩餘的高酒精濃度的酒灑滿在他身上。

「什……等一……」

雖然已經撲滅那團火，但剛剛酒燃燒起來的樣子早已深深烙印在他眼裡。

老人背脊挺直，手中拿著打火機，恭敬地行禮：

「那麼，折原先生等候您的到來。勞駕了。」

老人的手就這麼放在打火石上，此時堂馬已經沒有反抗的念頭了。

堂馬瞄了蓼浦一眼，神情尷尬地點了點頭。

可以從他眼裡感受到，他似乎在說「那個老頭真的會點火，別輕舉妄動」。

大概是從聲響與坐的聲音得知這邊的情形，可以聽見堂馬緊握的手機中，傳來陣陣開心的人聲：

『哎呀，你們還真是糊塗耶。該不會以為我會派一個普通的老人家去那麼危險的地方吧？』

然後，他也沒有確認對方是否有聽到，自顧自地說起安慰對方的話來：

「但是，這種糊塗……我可是很喜歡喔。」

♀♂

隔天　鬧區

「佐佐崎大人，辛苦了。」

早晨的馬路上。

富津久會的小嘍囉越野低頭鞠躬後，只見貪汙刑警佐佐崎毫無霸氣地小小回了聲「喔」便轉身離開。

「啊，稍等一下好嗎？」

「……怎樣啦？立場上而言，我們在外面被人看到站在一起可不太好。」

「事到如今還這麼說。」

至少這一帶開店的人，都知道佐佐崎負面的傳聞。

不過他們知道，就算跟警方密報，也只是再換個人來做同樣的事，所以老闆他們也刻意不檢舉他。加上老闆他們自己也不是很乾淨，無法訴諸媒體或網路。

在這之中，越野相較起來比較不會起衝突，也混得比較好。他心想佐佐崎說不定會知情，便隨口問問。

「雖然只是傳言，最近好像來了個奇怪的傢伙耶……你聽過Orihara Izaya嗎？」

「……沒耶。」

佐佐崎雖然極力故作冷靜，但是越野察覺到其中些許的異樣。

「真的嗎？該不會是掃黑組派來的狗吧？」

「不會吧……就算是這樣，我不可能不知道吧。」

冷淡地說完這句後，佐佐崎轉身就走。越野看著他離去的身影，對旁邊年輕手下小小聲吩咐：

「……跟其他人說，今後要是看到佐佐崎就盯緊點，別讓他離開視線。」

「咦？那傢伙怎麼了嗎？」

越野不太有把握地回答屬下的問題：

「……這……雖然沒什麼自信……感覺他對Orihara Izaya的事有所隱瞞。」

警署內

♀♂

「……被發現了嗎？不，不會吧……」

佐佐崎在警署走廊上呢喃著，背上不停冒出冷汗。

他總有點在意剛剛越野那抱有懷疑的目光。

前幾天，雖然照折原臨也這名男子說的提供這城市的概況，但佐佐崎沒想到會從越野口中聽到這個名字。

在那之後，雖然常接到臨也打電話來說「有新情報的話要告訴我喔」，但沒有直接見面過。

——為什麼富津久會的人在找他？

佐佐崎雖然也想過把臨也交給他們，但擔心被臨也講出自己多嘴洩漏阿多村家的事情就糟了。

他也想過乾脆解決掉臨也，然而除了風險太高外，還大有可能失手反遭報復。

佐佐崎還不知道餐廳中的那些人只是去打工的大學生，至今仍深信折原臨也是某個有規模的組織的成員。

——果真是喜代島派的人嗎？

——不，還是本來是富津久會的人，這幾天突然倒戈，所以富津久會的人才會那麼急著找他……這個劇本有可能嗎？

——總之，上策還是裝作不知情，不要有所牽扯比較好。

佐佐崎邊走邊思考著這些事情時，突然有人叫住他。

「佐佐崎，有空嗎……？」

「嗯……？署長！」

叫住他的是年紀差了佐佐崎一截，年紀尚輕的警察署長柿沼。

他是特考的菁英組，聽說在此擔任的警察署長，不過是轉調本廳前的踏板罷了。

雖然覺得他馬上就會調走，沒必要大力巴結——但主動跟自己這樣的一般刑警講話，該不會又像前幾天一樣是要調侃？

佐佐崎心中如此想著。而署長像是刻意隱藏自己的焦慮般跟部下問道：

「就是……覺得你最了解這城市的黑白兩道了。」

「這個嘛……」

「你知道昨天沿海那邊的夜店發生騷動嗎？」

「不知道。」

因為今天非值勤日，只要不是工作上有需要，佐佐崎不會想去沿海那邊。

「這樣啊……我想等等有人會說明……我有件事想先向你這樣的第一線人員請教。因為事關喜代島議員，請你不要跟別人說。」

「好……」

總覺得署長的語氣裡頭帶點緊張。雖然覺得奇怪，但聽到跟喜代島有關就知道了。確實，要是想安分穩定地在升官之路上走下去，總不能被本廳和警察廳都吃得開的喜代島議員給盯上吧。

——那麼，又是他那個笨蛋兒子做了什麼嗎？

佐佐崎雖然跟喜代島議員本人沒有交集，但有幫他兒子堂馬吃過幾次案。

雖然不知道署長回去警政署後，會不會對自己有所回報，心想總之先做個人情給這個穩升官的也不錯，佐佐崎決定聽聽署長要說些什麼。

「放心吧，我的優點就是口風緊。」

——這話如果能信，我佐佐崎都想叫他收回之前嘲諷的那些話了。

佐佐崎心中不懷好意，但在署長面前表現出一本正經地答允。對此，署長就像鬆了一口氣似的笑道：

「那太好了！真是太好了！總之有件事想先問你……」

「好的。」

「……你知道一位名叫Orihara Izaya的男人嗎？他好像跟喜代島議員的兒子起了衝突……」

聽到這句話的瞬間，佐佐崎突然想揍幾秒前的自己——然而為時已晚。

間章　名為折原臨也的男子②

你說折原臨也嗎？

還真是令人懷念的名字呢。

情報商人……？嗯，這樣講也沒錯。

的確，他在東京是以「情報商人」著名。

不過說穿了，知道這點的也不過是一小群人罷了。

雖然我也是做些不能見光的事，但對我們這種類型的人來說，他也算是非常有趣的一個人——同時也令人感到不爽。

真是的，到底是從哪邊弄來那些情報的？

藥廠的黑帳簿，或是涉足半合法的土地併購案的情報，甚至是幫派捲款潛逃者的所在處，他擁有的情報會讓人驚歎：「為什麼你會知道啊？」

當然，他就算哪天被宰掉也不意外。

我也靠他的情報賺了不少。但是反過來說，名喚折原臨也的這個情報商人，會不會太了解我們的事了啊——心中也常抱持這樣的疑問。

不，與其說疑問，不如說是在如此確信下，進而利用他這個情報商人。

我們也是抱持著，他若稍有出手阻礙的趨勢就幹掉他的盤算。

不過，在那之前那傢伙就自己先從東京消失了。

我本來以為他會暴屍野外，但既然還有人來跟我問他的事情，表示應該還在某處活著吧。

而且，看來還是一樣很愛玩呢。

沒錯，胡鬧，他只是愛胡鬧。雖然有金錢上的來往，但那傢伙所做的不是買賣，只是單純的遊戲。

他所做的事情，根本稱不上「商業行為」。

不，我這不是不好的意思喔。

如果這是商業行為，一定會有所扭曲，「情報商人」就不能維持隨興自在的立場。

不是早就被幹掉了，就是被哪個強大組織給網羅了吧。又或者像徵信社一般，有從一而終的基準，走上正當的買賣這條路。

不過，先不管這個……折原臨也，一言蔽之就是個……臭小鬼。

就是個小孩子啦。

他的確腦筋動得快，也有能力。

只是就算腦筋動得再快，內心大概也只是國中生或高中生程度吧。

才能和心靈沒有取得平衡。

要形容的話，大概就像有著人類最強拳擊才能的傢伙，目標卻不是世界冠軍，而是說出「只要我靠著這雙拳頭去揍總理大臣或總統，征服世界就不是夢想」這種話。

這舉例或許有點極端，但他真的是這樣一個男人。

或許你會覺得我在開玩笑，實際上這就是一場笑話。

……以在很遠的地方隔岸觀火來說，或許是笑話。

但請你想像一下。

就從剛剛講的拳擊來比喻……

當對方在電視上說「我就連美國總統都揍給你看」的時候，你會不清楚是認真的還是在開玩笑，單純嘲笑對方吧？

但是，若那拳頭是要來揍你，又怎麼樣呢？

擁有世界冠軍等級拳頭的人喊著「我看你這張臉就不爽，現在我要先征服你。這是我征服世界的第一步！」然後一拳揍過來的話，這樣你還笑得出來嗎？

如果你沒發現自己將會被打到臉凹下去的話，那麼你就是個蠢蛋。被揍到快死了還能笑得出來，某種意義上也算是個瘋子了。

對此笑得出來的，只有少數有能力反抗那拳頭的強者。

實際上，如果有比折原臨也更強的情報蒐集能力，真有能夠全部掌握那傢伙行動的人存在的話，應該就能在遇到他而被捲入胡鬧中時，還能一笑置之。

要是真的有這種人存在，我死都不太想靠近就是了。

聽到剛才的這番話，你安心了嗎？

還是持有戒心？

得知這傢伙的內心是個臭小鬼時，還能安心的話，那可真是天大的錯誤呢。

擁有力量的臭小鬼是最危險的。

人家常說他就像把刀。讓自大的臭小鬼拿著槍或日本刀時，不難想像會是怎樣的一個災難了吧？

這會失控的喔。

然後，「情報」有時候比日本刀或手槍還麻煩。

因為那是毒藥一般的東西。你一不注意被下藥的話……就不好笑了喔。

……但是，這樣啊……

折原臨也還活著啊。

如果你有見到他，幫我轉達一下。

之前的事我都算了。

所以，不要再來插手池袋這裡的事。

你也是，可能的話，馬上把他從你的都市裡趕出去比較好。

趁小孩子在你珍貴的家園裡散播毒藥之前。

——節錄自東京某處黑道幹部S氏的訪談

三章

三章A　利用折原臨也！（喜代島 SIDE）

武野倉警察署　署長室

翁華聯合的老巢發生了鬥毆和火災。

接獲通報趕至現場，卻沒有人願意詳細說明情況。

有一名察覺有異的資深刑警，在事後傳訊夜店老闆的階段時，才終於知道發生了多麼麻煩的事情。

「這不是傷害案件再加上縱火，還有綁架嗎……為什麼沒有報警？」

聽到資深刑警這番話，老闆滿臉不好意思地回答：

「是翁華聯合的人叫我不要說的。被一個老人那樣耍弄，前幹部的堂馬還被抓走，這風波何止是顏面無光。」

聽老闆所言，翁華聯合的成員好像沒有打算報案。老闆也表示，火在真的燒起來前就滅了，似乎不想把事情鬧大。

依老闆所言，如果隨便報案讓整件事傳開，會害他被翁華聯合殺了，就饒了他吧。

但這可是綁架——而且受害者還是議員的兒子，總不能就這樣放著不管。

翁華聯合的人大概不想依靠警方，現在正自行搜索犯人吧。但就警方的立場而言，當然沒有放著不管這個選項。

然而，最後卻沒有演變成連喜代島議員都牽連進去的大騷動。

正當署長要打電話跟喜代島議員聯繫確認之時，下屬卻傳來報告。

什麼事都沒有發生，喜代島堂馬回到夜店，跟翁華聯合的人打過招呼就回家了。

「聽夜店老闆提到綁架時的對話中出現過的名字……也就是說，跟堂馬通電話的是Orihara Izaya。現在可以知道的，是名叫Orihara的男子和叫作Sozoro的老人都不是這城市的居民。當然用假名的可能性相當高，不過這裡若真有這種老人存在，應該以前就會引人注意了。」

「也就是說，是外地來的人嗎？」

佐佐崎問道。

在那之後，怕站在走廊上談話被周圍的人聽到，兩人移動到署長室。

房間中只有署長與佐佐崎，氣氛有點奇妙。

「既然沒有報案，也就拿不到本廳資料庫的搜尋許可。就算是小事也好，只要有在這城市參與過犯罪就不一樣了，那樣就能藉此進行調查……但是，現在除了那件綁架案件外，從未出現這個名字。」

「……」

佐佐崎一陣心虛，思考著。

——總不能說這事情跟我有關吧……

——但應該可以利用這個機會？

「說起來，有聽過富津久會的人提過這個名字耶。」

「真的嗎？」

「嗯，那邊好像也在找那個男人……該不會，他不只是翁華聯合，也去富津久會搗亂過吧？」

「……不無可能。」

署長正陷入沉思時，佐佐崎接著問道：

「那麼，重點是堂馬有說什麼嗎？」

「這個也想請你調查。既然沒有進入調查，當然也不能請他來問話。」

利用折原臨也（喜代島SIDE）

署長很困擾地嘆了口氣，眼神充滿疲倦地這麼說。

看來是怕升官經歷上會有汙點，不太想跟喜代島與阿多村之間的麻煩事有所牽扯。

但若不先去處理該調查的事，可能會在毫無預警的情況下被捲進更大的麻煩當中，這也是事實。

「看來只能假裝跟他在街上巧遇，藉機問話了。」

「……我知道了。我試試看。」

雖然這樣回答，佐佐崎心中迷惘著。

不是煩惱該不該去跟堂馬見面。

Orihara Izaya。

是該不該跟這個人聯絡。

雖然署長說對方是個只知名字讀音的神祕人物，但佐佐崎知道那個名字寫作「折原臨也」。

一般並不會將「臨也」讀作「Izaya」，這點誇張到會懷疑報戶口時是怎麼通過的。

若以正常的讀音方式去搜尋，不會得到搜尋結果。但佐佐崎以漢字搜尋後，掌握了幾個情報。

在東京的池袋或新宿等，東京核心區域的網路討論區上，時常出現這個名字。

跟幾年前，在東北被隨機殺傷犯所刺傷的被害者同名。

——該不會是因為那時候的刺傷，現在才坐著輪椅？

背後被刺傷，說不定傷到脊髓或腰椎了。佐佐崎個人覺得這樣想就說得通了。

——……而且，這說不定是個機會。

佐佐崎走出署長室後，暗自沉思著。

無論如何，在這城市久留下去會有危險。

既然如此，還是隨便掰個理由跟署裡提出辭呈，開溜才是上策。

但是跑路需要資金。可以的話，最好是能讓他玩一輩子程度的資金。

因為已經確定要跑路，就算跟喜代島或阿多村扯上關係也無所謂。

——要是那個來路不明的情報商人……

——不知道那傢伙屬於哪個陣營？

——不過他有可能給我的，也是跟他無關的陣營的情報吧……

他心想，為了取得這個情報，就算要付出相對的代價也無所謂。

雖然還不到拚上老命的程度——但視情況，就算要他拿出警方內部的機密文件或調查資料也可以。

佐佐崎的雙眸裡，蘊含著至今未有的強烈光芒。

三章A

利用折原臨也（喜代島 SIDE）

雖然在見到臨也時還是會害怕，但發現他的名字傳遍大街小巷，他反而下定決心。

如果臨也被抓到，那麼第一次遇到他時就托出情報的自己也不會有好下場。

體認到兩人早已是唇亡齒寒的關係，佐佐崎緊握拳頭心想著——

就讓對方好好利用自己。相對的，自己也盡最大可能利用那個情報商人。

♀♂

喜代島家

「老爸，解決掉阿多村啦。」

這浪蕩兒子久久一次才回來家裡，突然就說出這種蠢話。

喜代島宗則如此想著，大大嘆了口氣：

「做得到的話早做了，說話要經過腦袋啊。」

對宗則來說，這個兒子從以前就是頭痛的根源。

雖然身為父親的自己相當重視這個兒子，但也後悔自己寵過頭了。

他要利用自己的政治權力或金錢屈服他人，這倒是無所謂。

但沒有思考過後果的暴力就不妙了。想將暴力案件吃案是最麻煩的事，萬一被政敵派系知道，將會被人操作成醜聞。

「我有在思考。我也快要二十八歲了，說是能自己獨立的年紀也不奇怪。」

「還以為你是口出狂言，原來是連現實都看不清啊。一般來講，二十八歲還沒獨立的人才奇怪吧。」

「可是，那個……我多少還有在上班啊。」

「喔，你說那個我幫你安排的公司，一個禮拜只要露臉一次，輕鬆無比的工作嗎？我放心點了，至少你沒把那個工作當作已經『獨立』的證明。光想像你說『我早就獨立了』這句話的樣子，我就頭皮發麻呢。」

身為喜代島家長子的堂馬，他的主要的工作就是啃老。

宗則一開始有想過讓他以祕書身分放在身旁看管，但堂馬沒有作為祕書的能力，有些縣市甚至不承認議員的親屬擔任祕書。今後這股潮流也有可能發展為全國性，連國會議員也不例外，所以宗則盡可能不讓兒子擔任祕書。

——如果對方因此去調查，導致堂馬過去的言行被攤上檯面就麻煩了。

因為如此，堂馬就連祕書也稱不上，就只是個「去喜代島以前關照過的企業打掃的清潔公司職員」，但也就是隨心情偶而到公司外撿撿垃圾，幾乎等同「坐領乾薪」。

——這間清潔公司是特地為這個兒子開設。就算不擔心開除問題……但薪資明細如果流出去，可能會造成騷動。

他給的薪水比全國清潔業者員工的平均薪資豐厚不少，這一半是用來是作為兒子的封口費，另一半也有作為項圈的意義。

如果亂放堂馬出去，不給他錢，說不定會跟翁華聯合聯手做黑的——一個弄不好，還可能去接觸恐嚇或販毒。

實際上，堂馬高中時就因為勒索同學之類的差點鬧上警局，每次宗則都很費力地去壓下這些事。

——而且這傢伙還……！……不，我不想回想起那件事。

腦海中差點浮現他做過更誇張的壞事，但隨即放棄似的搖了搖頭。

「夠了，總之你給我安分點。阿多村的長子才剛發生那種事，現在豈能輕舉妄動。雖然署長還算會聽話，但若我們先做出招人懷疑的舉動，媒體那些傢伙肯定會大作文章。到時候，你覺得要壓下這些消息要花多少錢和費多少功夫？」

「龍一被殺的那件事……把它搞成是阿多村的人幹的不就好了？」

「你在說什麼蠢話……」

「只要把富津久會拉攏過來，要弄出這點程度的偽證算簡單吧？」

「他們是阿多村家養的狗。就算安插間諜在裡頭，要把整個管理階層換掉所耗費的錢可不划算。若因此被抓到把柄，還得落得一輩子被人勒索的下場。」

宗則打算隨便應付，盡早過去辦公室——但堂馬接下來說出口的話，讓他稍稍改變了心意。

「若能除去阿多村，直接進行開發案，目出井組系統的下屬組織也會看準利益聚集而來。如果那些人哪天按捺不住慾望，做出什麼大舉動，富津久會也會知道自己多麼不堪一擊。到時還不乖乖地成為老爸的私人部隊？」

「……」

聽到兒子這番話，宗則有些吃驚。

確實，預想到檯面下會有這樣的發展是很自然的事，但他沒想到一副只懂得揍眼前敵人的這個笨蛋兒子，居然會去思考接下來的棋步要怎麼走。

港灣區的開發案是以兆為單位的資金在流動的大工程。各個非法組織極有可能為了爭奪利益而來。但只要不是去依附像阿多村這樣一個擁有強大根基的勢力，他們馬上就能擺平。

「港灣開發期間，阿多村那些傢伙不是煽動漁業工會和沿海地主進行抗爭運動嗎？

雖然我們有付和解金給漁業工會那些人，但私底下那些漁民一定被阿多村他們抽走了不少吧？」

「……嗯，應該是。雖然也有可能單純想找我麻煩，免費幫阿多村他們做這些事。不過，若真有這麼不貪財，就不會弄出這麼個荒唐的都市了吧。」

「所以說，拉攏那些漁民過來我們這邊，不要把那些錢轉過去阿多村就好了。」

「怎麼可能。那些漁民哪有膽子反抗『領主大人（笨蛋殿下）』。何況，對阿多村家來說，就算沒拿到那些錢也不痛不癢吧。」

喜代島覺得果然還是沒辦法談下去，但是堂馬此時卻露出邪惡的笑容，說出一個可能性。

「如果礦山枯竭的話，情況就不一樣了吧？」

♀♂

半天前　旅館「武野倉GRAND PLACE」皇家套房

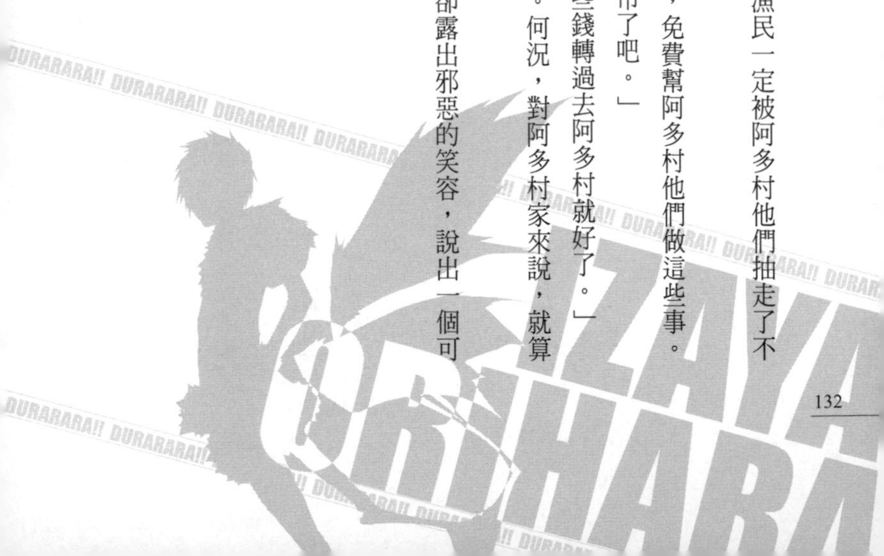

「混蛋傢伙……居然住在這種地方。」

「我喜歡高的地方啊。也不一定要住皇家套房，就算在頂樓的直升機停機坪上搭個帳篷，睡在那邊也可以喔。」

「少胡扯。」

堂馬氣得咬牙切齒。

他被潑了一身酒精，並被打火機要脅綁架之後，被帶來這個市區最高級旅館的公寓式套房。

酒精早已揮發掉，現在就算點火也不會變成一團火球，但堂馬屈服於站在身後，名叫坐的老人所帶來的壓力，最終依舊無法逃跑。

「那麼，情報商人大人，抓我來要幹嘛？要是想從我老爸身上要到贖金，那還是放棄吧。老爸大概會一副謝天謝地的模樣拋棄我，將這件事當作『兒子被綁架犯殺掉的悲劇父親』來利用，替自己催票吧。說不定會散播流言說是阿多村那些人幹的，利用此事來爭奪這城市的主導權。」

堂馬講得一臉不屑，直盯著坐在輪椅上的情報商人。

隨即，情報商人——折原臨也聳聳肩：

「你該不會認為我是阿多村那邊僱來的殺手吧？」

臨也的語氣不像通電話時那般有禮，盡量保持像個朋友般說：

「是不是也有……你老爸僱用我的可能性呢？有可能產生醜聞的兒子快變成累贅了，乾脆把他從這世上除去。」

「啊？老爸怎麼會……」

「堂馬，你剛剛不也說過——有可能變成『兒子被綁架犯殺掉的悲劇父親』嗎？這可是一石二鳥……不，算是一石三鳥了。你真的沒想過，還有你老爸確實想拋棄你的這個選項嗎？」

「……」

堂馬不發一語。

的確，父親有他無情的一面。

但是真的會做到這種地步嗎？

臨也就像落井下石一般地問：

「你從年輕開始就不務正業，每天玩到半夜，幾乎不回家。你能說這樣的你有多麼了解你老爸嗎？」

「給我閉嘴！我宰了你喔……」

「哎呀，真恐怖。到底是你宰了我比較快，還是坐先生宰了你比較快呢？」

臨也忍不住發笑，堂馬滿臉不甘。

——可惡，只要沒有背後這個老頭……

光是想像自己在此採取不配合的態度會有怎樣的下場，堂馬背上就不禁冷汗直流。

「等這位上賓殺了折原臨也閣下，鄙人再藉口正當防衛解決他的話，就能合法地清除社會廢渣了，對吧？」

「坐先生真過分耶。什麼『社會廢渣』，把人說得比壞蛋還差勁……」

「沒有自覺到這種程度，真是無可救藥。有言道，相較於懷有惡意所為之惡事，懷抱善意所行之惡事更加麻煩。惡意善意皆無，僅僅因為興趣而玷汙周遭的折原閣下，就只能稱作是『人形的社會廢渣』了。」

「感謝你詳盡的解說，讓我純樸的心靈稍微受了點傷。」

臨也看起來一點都沒有受到傷害，笑著點點頭：

「真是的，為什麼我花錢請來的人，對我講話總是那麼惡毒呢？」

然後他推動輪椅向前，靠近離堂馬約一步的距離後，開口說：

「那麼……至於我為什麼會叫你過來呢。之前在電話中也提過，是想從你這邊購買情報。」

「你說情報……？哈，果然是阿多村的間諜嘛。是想知道老爸的把柄嗎？」

「不是喔，我想知道的只有一件事。不過，畢竟我們是初次見面，就當作期待日後你能成為主顧，我就給你個優惠，先告訴給你一個有趣的情報吧。」

「……有趣的情報？」

堂馬皺著眉頭，臨也望向窗外遠處山景，簡單說了句：

「聽說，這座城市的礦山早就枯竭了喔。」

僅僅數秒，沉默占據了這間公寓式套房。

堂馬嗤之以鼻的聲音，打破這沉重的靜默：

「哈……你這傢伙在說什麼啊？」

「以前就有這樣的傳聞了吧？」

「傳聞就只是傳聞！就算是真的，為什麼你這傢伙會知道！」

面對堂馬的破口大罵，臨也只是淡然回道：

「我握有阿多村集團私下的黑帳簿中，海外購買稀土和銀的證據……這麼說的話，你覺得呢？」

「……」

「礦山早在一年前就枯竭了。那時的阿多村家偷偷從其他地方購買礦物，裝作是從自己礦山買來的樣子。當然，這經過多重的偽裝交易。」

「等一下……這樣不是很吃虧嗎？他們有什麼理由這樣做？」

「當然有理由啊。多半是因阿多村集團的特殊性所致。」

坐在輪椅上的臨也伸出手，拿起位於桌上，事先從寶特瓶到入麥茶的高級紅酒杯，邊搖晃邊說：

「這不是指日本的金礦或銀礦枯竭了。只是新進行開挖的金礦過多，會對黃金市價產生影響，所以會計畫性地開採。」

「是這樣嗎？」

「大企業擁有的礦山要是枯竭了，也不過是換個目標買下土地，在某個山裡再次開挖……大抵上都會這樣做。但是阿多村集團過於拘束於自己掌握的領域，現在要往外發展新開採是不可能的事。一旦這個弱點被看出來，被周遭大企業盯上就玩完了。」

聽到臨也很直接地斷言「阿多村集團玩完了」，堂馬下意識地反駁。雖是敵人，但也是有著「領主大人」這樣的綽號，統治這座城市的不共戴天的敵手，不可能僅因為礦山枯竭就會被擊垮。

「才沒有這種事吧。明明還擴展許多事業……」

「支撐它進行擴展事業和統治這座城市的根本是銀……倒不如說是稀土。將稀土出售給特定企業，請他們給點方便這種劇本，多的是比我更早就在調查這件事的人吧？」

「不，就算這樣還是很奇怪啊，結果還是虧損嘛。就算是我，也知道錢可沒有這麼好賺。」

「是啊，所以只要撐過這段時間就好了。」

臨也忍不住發笑道：

「如果沒有……都市更新案，或許早就乾脆地宣布關礦了。」

「啊……」

「只要把開發案緊緊咬到嘴上，就等於得到龐大的利益。算下來賺得還綽綽有餘，就算礦山關礦也完全沒問題。」

至此，臨也話停了下來。

一口氣喝下紅酒杯中的麥茶後，他露出微笑繼續「交涉」：

「那麼……關於那個『從外面購買礦物的證據』，也是可以賣給你喔。」

沉默再次占據了室內。

這次打破寂靜的也是堂馬，但不是嗤之以鼻，而是他吞下口水的聲音。

「……代價是，你想問什麼？不過，我可沒有相對的情報能給你……」

如果是父親的愛人這種程度的情報，他是知道，不過價值可比不上臨也所給的。何況現在再翻出這件事來，父親也能輕鬆掩蓋掉吧。

都聽對方講這到了，拿不到最重要的證據可就功虧一簣。

不知道錢對他有沒有用？

想到這邊，堂馬心中突然有個疑問。

——等等？

「……為什麼是我？」

「嗯？」

「去跟老爸交涉，賺頭遠比來找我更好吧。如果那個證據是真的，老爸也會出不少錢給你。不對，你應該也能從阿多村那邊勒索封口費。雖然可能會被殺，但像你這樣的人，應該能在這城市以外的地方跟阿多村交涉吧？」

隨即，臨也一副為什麼你會問這種問題的表情回道：

「很簡單，因為我想知道的事，只有你能回答。」

「……？」

看著眉頭深鎖的堂馬，臨也徹底收起臉上的笑容，以極為認真的表情「委託」：

「我想知道，之前在這城裡死掉的阿多村龍一那件事的詳情。」

利用折原臨也（喜代島SIDE）

「盡量詳細點。如果是只有你知道的情報，依內容而定，我甚至可以出現金五十萬圓跟你買喔。」

♀♂

此時　沿海的圖書館

這是一間海風吹拂，緊鄰海洋而建的圖書館。

這些書該不會因為濕氣而更快受損吧？

一名少女坐在圖書館的窗邊，如此想著。

她的名字是喜代島菜菜。

是堂馬的妹妹，就讀高中三年級的少女。

她帶著憂鬱的心情，閱讀一本精裝本裝訂，她很愛看的奇幻小說。

她喜歡這個一生懷才不遇死去的靈魂，轉生在與地球毫無因緣的異世界的故事。

這只是很通俗的王道故事之一，但現在的她卻無比羨慕這樣的小說主角們。

喜代島議員的女兒——

雖然有些人會羨慕這樣的身世，對她而言卻是非常鬱悶的事情。她因此受到霸凌，也曾在放學途中被自稱自由記者的人追著跑。

多著是身世更加不幸的人。她雖然安慰自己，只要能正常活著就是種幸福，即使如此還是難以忍受這座城市的鬱悶氛圍。光是想到自己是喜代島的女兒，那鬱悶感或許就比一般人更加沉重。

不過她也不想一死了之，飛向毫無關聯的異世界。

她完全不會想獨自消失不見。

「……和久。」

短短一聲，唸出既是青梅竹馬，也是她心繫之人的男性名字。

然而沒有能回應她的人。

她確實曾過著幸福的每一天。

僅是跟和久在一起，就能很平凡地一起歡笑，從這城市的鬱悶中解放。對她而言，和久這名男性就是如此無可取代的存在。

直到他被阿多村家給帶回去。

兩人的關係完全遭到否認。

而且，和久的身分竟轉變成那個人的弟弟。那個想調戲自己，也是跟哥哥如同殺戮一般吵過架的男人——阿多村龍一的弟弟。

如果自己和和久成為兩家的溝通橋梁，或許能消除阿多村家與喜代島家的對立——起初曾以此為目標，嘗試努力過。

過去差點被龍一侵犯的回憶，的確在她心中留下陰影。

但是，只要自己能忍耐過去就沒關係。

為了自己跟和久的幸福著想，她心想這種程度的事情就忍下吧。

然而現實讓她認清，要消除兩家爭執的那面牆有多麼高大。

也讓她知道，自己是多麼無力的人。只要沒有父親的庇護便一事無成。

父親、母親和哥哥甚至跟她說「妳只是被騙了」。

就算能否定這件事，她依舊無法改變他們的想法，對如此軟弱的自己感到絕望。

因為重要事物被奪走的反作用力，鬱悶感日漸變得強烈。

若能跟和久兩個人告別名為「武野倉」這個窒息的世界，到別的世界該有多美好。

心中一邊這樣想著，她靜靜地翻著書頁。

然後——在她的耳邊，響起一道細微的聲音。

「那個，姊姊，妳是喜代島菜菜小姐嗎？」

定睛一看，不知何時，隔壁坐了個天真可愛的男孩。

應該是小學生年紀，但沒有揹著書包。

今天是放假日，大概是來圖書館讀書的小孩吧。

可是為什麼知道自己的名字呢？

菜菜側頭思考著，此時男孩對菜菜說：

「那個，臨也（Izaya）哥拜託我帶姊姊過去！」

「Izaya哥？是哪位呢？」

「是個好人喔！所以放心吧！」

這樣說完後，男孩跳下椅子。

「快點準備！我在外面等妳！」

可能是在圖書館內，他刻意放低聲量說完便快步走向外面。

那模樣，就像邀請愛麗絲到異世界的兔子一般。

間章　名為折原臨也的男子③

折原臨也？

什麼啊，你認識臨也啊？

這是為你好，跟那傢伙保持一定的距離。

喔，我不是要你絕對別接近他啦。畢竟人各有好，也有人會喜歡那種傢伙嘛。對別人家的喜好講東講西的，未免也太不懂人情世故了。

嗯，他的外表倒是不錯，也算是滿受歡迎的傢伙。

男性朋友嗎？我也只是偶爾會跟他聊聊天。跟他交情不錯的就一兩個人吧。

我是不會阻止你跟他來往啦。也有不少人覺得，待在那種危險的傢伙旁邊，過上刺激的每一天才有趣。

只是啊，有些事先說在前頭。

不要想要利用那傢伙。

也不要過於依賴那個傢伙。

臨也這傢伙的確很萬能。

我也知道有幾個傢伙靠他的情報而事業成功。

只是，也知道有不少人被那傢伙的情報搞得十分悽慘。

你說那傢伙是不是有說謊？

沒有喔，雖然他不時會吐露謊言，但基本上，他誇口是「情報商人」身分時說出的情報都是真的。

他只是有些該講的話沒有講出來。

或許你會覺得他很過分，但以他的角度而言，大概只是想在他人所選擇的道路上給予祝福吧。

那傢伙喜歡人類。

雖然是自稱啦。

從高中時就常說著，他喜歡人類的無限可能性。

所以那傢伙喜歡在對方的選擇上推一把。

即使那是個錯得很明顯的選項。

的確，他那廣闊的人脈和得知消息之迅速很驚人。
對於走投無路的人來說，那傢伙的情報更是個靈藥吧。
然而藥量過頭也能是毒藥。
跟他過於深交，可不只是胃痛而已，會中毒的。
所以，如果你想當折原臨也的朋友還是女朋友的話——
不要聽信臨也掛在嘴邊的情報。
偶爾一次倒是可以。但不要依賴它，更不要想利用它。
反過來，你去幫助臨也就好。
理解臨也那個傢伙，反過來給他「選項」。
然後，你就可以在他替你選的道上讓他推一把。

……也不是那麼困難的事啦。
一般朋友之間，不知不覺間都會做一樣的事吧？
但這對那傢伙而言就很重要了。
臨也或許的確愛著所有人類。
平等且一視同仁。

但是呢，他並不是那種滿足於單方面給予他人愛，高尚而傲慢的傢伙。

在你想要被那傢伙所愛之前，在你想成為那傢伙的朋友之前——

由你先愛上他就好，成為他的朋友就好了。

雖然他看起來那副模樣，其實還滿講人情義理的喔。

我想他會好好回應你的付出。

但是，剛剛也說過，不要想去利用他。

依賴上他很麻煩，但想利用他會更慘。

雖然只是聽說……但之前也有群人想利用臨也。

一個是賣危險藥品的集團，另一個是白道身分卻經營地下賭場的集團。

他們似乎想利用臨也那傢伙當個聽話的棋子……

結果兩個好像都被解決掉了。

彼此自相殘殺。

將想利用自己的傢伙，讓他們兩邊打起來。

……沒喔，我不是在說他的壞話。
換作一般人，我就不會講這種事。
你知道為什麼嗎？
我可以從你身上感受到同樣的味道。
跟那些想利用臨也卻被幹掉的傢伙們，相同的味道。
所以，這應該算是警告吧。
好好看清那個傢伙。那傢伙的確不能說是善人，或許是個惡人。
但是呢……
那傢伙也是個人喔。

——節錄自東京某處　水泥匠K氏的訪談

三章B　利用臨原哲也（阿多村SIDE）

「又是Orihara Izaya……」

阿多村龍二坐在他常光顧的高級酒吧最裡頭的座位上，周遭圍繞著小姐，一邊喝著酒。

他面前有名看起來還很年輕，一副小混混樣的男子。

平常就是藉由這個男子，從對方在「翁華聯合」的朋友口中套出情報，而男子今天帶來的情報讓龍二百感交集。

——作為翁華聯合據點的夜店遭到襲擊。

原本以為只是常有的黑道衝突，但據男子所聞，似乎是被一名突然出現的老人給耍得團團轉。

一開始他還以為是開玩笑，追問之下，居然出現「Orihara Izaya」這個名字。他凝神注視，命令男子「從頭再講一次」。

三章B

利用折原臨也（阿多村 SIDE）

最後得知自稱Sozoro的老人是Orihara Izaya的人。然後，雖然難以置信，翁華聯合的幹部們真的被那個老人單獨一個耍得團團轉。

「瞧瞧翁華聯合那些傢伙，真是爽快……話雖如此，堂馬怎麼了？如果被綁架走，他老爸不會默不作聲吧？」

「他隔天早上就安然無事地回家了。」

「……」

龍二瞇細起眼睛。

如果他沒有被放回去，就有可能被人懷疑是「阿多村一派所指使」，但他被放回來的話就更麻煩了。

那個行動可疑的男子為什麼要綁架堂馬？

——交換條件談好了嗎？

——畢竟都安然釋放那傢伙了。

——有可能嗎？

——找翁華聯合打過一場架又綁走人後，毫髮無傷地釋放人質？

答案就只有一個。

他們聯手了。

名叫Orihara Izaya的男子跟喜代島堂馬聯手了。

——在這時間點上跟可疑的傢伙聯手？為什麼？到底是談了什麼條件？

經過不斷的推測後，龍二得到一個答案。

——堂馬有把柄在他們手上？

——喜代島的把柄……

——……

——是老哥的那件事嗎？

——果然是喜代島那些傢伙殺了老哥……？

從與翁華聯合敵對這件事來看，Orihara Izaya這個人一開始並非受僱於喜代島家，是既不屬於阿多村家的第三者。

如果是喜代島派殺死龍一，那個情報……或者說證據在外人手上的話，十足可以用來要脅喜代島派。

——未免太巧了。老哥被殺的事，很難想像跟Orihara Izaya無關……

無論如何，Orihara Izaya這男人的動作這麼大，非得先把他的身分查清楚才行了。

龍二喝光手邊的酒，掏出手機打給父親：

「老爸嗎？我有事想拜託你。」

為了避免被說是發酒瘋，他收斂表情開口說：

「……我想借用「Candiru」（註：潛伏於亞馬孫河中，最令人毛骨悚然的魚類。又名「牙籤魚」或「巴西吸血鬼魚」），富津久會的臼原那邊也幫我聯絡一下。」

♀♂

數小時後　阿多村家

阿多村和久十分憂鬱。

雖然自從來到這個家之後的每一天都很憂鬱，但這幾天下來又更憂鬱了。

因為哥哥死掉的事，喜代島家和阿多村家的關係一觸即發。

一開始，大多數人還覺得喜代島派不會這麼「不在乎後果」，然而幾天來都沒有犯人頭緒的狀況下，越來越多人認同「或許真是喜代島下手……」這樣的陰謀論。

其中似乎也有「Orihara Izaya」這個人散布的謠言，但對方到底有什麼目的呢？

多虧那個人，他也沒辦法再避人耳目地跟喜代島菜菜見面了。

雖然不是無時無刻都有人在監視他，但只要在街上被人看到他們倆在幽會，大概就會被迫分開了吧。

菜菜也說過，她或許會被強迫去海外留學。

雖然覺得就算身為父親，也不至於這樣蠻橫吧。但喜代島是個於公於私都很強勢的人，確實有可能硬是將女兒送得老遠，軟禁到完全住宿制的地方。

現在這年代，只要將這種事上網公布，就不太可能做到完全的軟禁。但是菜菜應該不會想令家人受到社會抨擊；同樣的，和久也盡力不讓菜菜成為世間的焦點。

只能自己採取行動了。

和久比菜菜大一歲。本來高中畢業後要升大學，自從來到這個家後，種種紛擾讓他先放棄升學，現在的身分算是重考生。

對此情形，父親給的答覆非常簡單，他說：「要是想要在家族相關企業中過活，就不用讀什麼大學。要學什麼就從基層去學起。不過你要去別的地方過活的話，要學什麼就隨便你了。」

乍看之下是個非常明理的父親，但他話中的意思是「乖乖當我的棋子，你會得到我的庇護，不然就自己想辦法」。實際上，當自己受到龍二殘暴的霸凌時，父親也只是隨口說「自己揍回去。沒那個力氣就動動腦袋」並沒有阻止霸凌。

唯一的例外，就是像前幾天在客廳時那樣，龍二的發言蔑視甚五郎本人。雖然沒有因為是庶子而遭到父親蔑視，但如今龍二沒辦法再拿這點攻擊和久，勢必會再想其他辦法找碴。

——我受夠這樣的家，這樣的城市了。

——如果有辦法，真想帶著菜菜遠離這裡。

但這可不是件簡單的事。

就算私奔，既沒有生存能力，也沒有成功私奔的實力。

這兩個家族就是錢最多。

就算逃得再遠，他們也能輕易找出來。

手機的通聯紀錄、銀行ＡＴＭ的提款紀錄，凡是社會上黑白兩道通吃的有力人士，很簡單就能靠這些情報找到他們。有可能全以假名找到工作，租到房子嗎？

又或者，能強迫菜菜跟自己過著住在漫畫咖啡店或野營的生活嗎？

越是想著這種事，越是感到焦躁。

當和久大嘆一口氣時，他的手機響起郵件通知聲。

「！」

是菜菜寄來的。怕被家人看到，所以是用高中男生同學的名字偽裝。

匆忙打開郵件訊息，印入眼簾的字句，不禁令他懷疑起自己的眼睛。

『我們一起逃離這座城市吧。』

和久從沒想到會是菜菜先提出來，急忙細讀郵件的全文。

然後數秒過後，青年更加驚愕了。

似乎有人願意幫助他們逃出這城市，甚至連後續的生活都會給予協助——問題是那個人的名字。

『他叫折原Izaya，希望和久也能跟他見一次面。』

折原Izaya。

已經不用再確認。「折原」就是讀作「Orihara」吧。之所以沒有將Izaya打成漢字，應該是不好選字的冷僻字。

腦海中閃過這些疑問，但和也賞了自己一巴掌。現在可不是想這種事的時候。

阿多村家在找的人，該不會跟菜菜有所接觸了吧？

到底有何目的？又或者是想將菜菜作為人質，要求喜代島做些什麼？

和久感到更加焦躁。

——只能走一趟了。

青年下定決心，以郵件回覆「我也想跟他見面，能告訴我在哪邊會合嗎？」之後便走向玄關。

接著從玄關往客廳時，看到哥哥龍二帶著幾個大人走來。

「……礙事。接下來要談重要的事，你要出門的話就暫時別回家。」

龍二一副在趕狗的樣子，和久默默從他旁邊走過。

並在這瞬間看到這幾個大人的面容。

令人毛骨悚然的集團。

這只是和久單純的感想。

首先映入眼簾的，是一名穿著極為合身的西裝的男子。留著後梳油頭髮型，戴著淺色太陽眼鏡。

下一個人走在男子後面，是個與男子完全相反類型的女子。

年齡大概是二十歲左右，或許還更小，無法從外表看出確切的年齡。

這是因為，女子除了妝容是龐克歌德蘿莉風外，還戴了個誇張的眼鏡；耳朵上掛著懸垂式的逆十字形狀耳環。全身上下也有許多奇妙的裝飾，搭配在視覺系搖滾樂團風格的黑紅兩色服裝上。夾在腋下的筆記型電腦貼著好幾個像是骷髏或殭屍，看起來挺嚇人的貼紙。

——「Candiru」……

和久也只是知道有這一號人物存在。

他們是與阿多村集團關係密切的組織，表面上是以「Candiru股份有限公司」營運，實際上是利用網路入侵、恐嚇、竊聽、偷拍等手法，承接各種違法調查，如同地下徵信社一般的存在。

因為好幾次派他們在市外調查喜代島的行動，喜代島對他們也抱持極大的戒心。就連菜菜似乎也被他們調查過。

應該說，似乎就是他們跟父親報告，自己正跟喜代島的女兒交往的事。

對和久而言是十分可恨的集團。眼前的兩人，男人自稱是「Candiru」的董事，女人則是情報管理部門的首長。

和久原本瞪著他們，不過看到遲一些自走廊轉角走來的身影，他愣住了。

出現在那裡的，是頭幾乎頂到天花板，染著藍色頭髮的巨大男子。

眼睛周遭纏繞黑色繃帶，眼球部分的空隙露出大大的黑色瞳眸。鼻子以下雖然沒有纏繞繃帶，卻有數條繞自頭後方，一整圈如樂譜般的縫疤，光看就令人覺得疼痛無比。

肌肉團塊——在這種譬喻簡直恰到好處的肉體上硬是套上西裝。和久心想，若是被那雙巨大的手掌給抓住臉，可能會像空罐一般被捏爆。一想到這裡，他就忍不住身體發抖。

——富津久會的殺手……！

記得叫作臼原。

城裡人們戲稱為「領主大人馴養的鯨魚」的男人。

雖然在這屋子內是第一次看到，但和久在街上也有見過。

在富津久會中，專門負責一些殘暴的事項。擁有跟外表相符，令人畏懼的強大。見過一面的人大概都忘不了吧。

——為什麼……

——不只「Candiru」，連殺手都叫到家裡來，哥哥到底想做什麼？

——該不會？

和久心中膨脹著不祥的預感。

「Candiru」是尋人或情報收集的專家。

父親甚五郎雖覺得「終究是外地人」而不太常僱用他們，但龍二的想法不一樣。

龍二叫來這些人，是打算讓他們調查什麼呢？

想指使臼原這個殺手去處理掉誰呢？

心中雖然希望是自己弄錯，和久卻又被一股不安占據了心底。

折原Izaya。

這些人是為了狩獵那個名為Izaya的男子，而被召集至此的嗎？

那麼一來——如果菜菜那時候剛好跟Izaya在一起的話呢？

這個最糟糕的猜想令他臉色發青，逃命一般離開了宅邸。

為了能盡快見到自己所愛的菜菜。

然後以自己的雙眼，衡量那個叫作折原Izaya的男子——並根據狀況，或許需要救出菜菜。

♀♂

阿多村家　辦公室

三章B

利用折原臨也（阿多村SIDE）

「……都來了呢。」

這是在家處理工作時使用的房間，因此也有設置接待客人用的沙發。室內回響甚五郎嚴肅的嗓音。

「您好……看起來不太歡迎我們呢。」

「這是當然。本來的話，不太想動用你們。」

「哎呀，說得好直接。」

聽到戴著太陽眼鏡的男子一副很困擾的模樣，甚五郎面色凝重地說：

「包含我兒子那件事，我是怕你們做得太過火，導致我們跟喜代島家起衝突就麻煩了。雖然要打垮他們，但決定時機的人是我。」

「不會那樣的，請多信任我們一點吧。」

「畢竟你們不是這城裡的人，我也沒打算讓你們融入。」

阿多村甚五郎過去會利用「Candiru」，是為了找出覬覦這城市的外部組織。他確實很重用他們，可以說到了「偏愛」的程度也不過分；但事關武野倉市內部的鬥爭時，就不太想派他們上場了。

——因為這些傢伙的由來就像名字一樣。

「Candiru」。

這本來是棲息在亞馬遜河等處內，小型肉食魚的名字。

雖然不像鯊魚一般擁有巨大的體型，但在亞馬遜河流域內，據說是比食人魚更加令人畏懼的存在。

跟個性相較溫厚的食人魚不同，凶猛到連體型遠大過自己的人類，都能毫不在乎地襲擊。能從咬開的傷口或身體本來就有的洞鑽進去，將對方從內部啃食殆盡的魚類。

就算對方十分巨大，也會利用成群的力量徹徹底底吃得一乾二淨。

甚五郎曾認為，這是十分合適情報收集組織的名字。

總之，股份有限公司只是個幌子。傳聞私底下有數十名未正式登記的員工，「內部」情形更是完全成謎。登記的公司本部位置就在附近，但有人說真正的據點在東京；更甚者，還有傳言說據點是在海外。

說起來，之所以會需要這種神祕組織，就是因為他們工作成績斐然。還有，需要這種「不存在的社員」們，幫忙接觸一些非法行為。

對阿多村而言，雖然想把所有非法手段全交由富津久會處理，但他們就是在情報戰這項上差了點。

以沒有跟區域性大組織聯繫這點來說，阿多村可以很安心地豢養富津久會，但另一方面來講，就會被隔絕於組織間的情報網路之外。尤其在處理這個城市以外帶來的問題時，處理上會落於被動。

這次是因為兒子龍二表示「錢我會出，你幫我聯絡就好」，所以才叫來他們過來；但這並非令甚五郎感到開心的發展。

龍二似乎想利用他們找出Orihara Izaya，可是這個案件太過深入武野倉的內部了。

——如果用暴力解決，富津久會……不對，臼原一個人就夠了。

嘆了口氣後，甚五郎往青髮巨漢方向瞥了一眼。

「……」

臼原不發一語低著頭。

他在富津久會中的地位也很特殊。這麼顯眼的外表，就只能在有辦法吃案的武野倉市內才派得出來。

但是比起缺點，優點有餘，還有甚五郎個人偏好「擅長單純互毆的強者」，因此重用他。就算不帶刀槍，他也能在旁人報警之前就解決掉一般程度的混混集團。

況且，有別於外表，也能夠辦好一些需要細心的工作，在暗殺或是偷襲這等違法行動上也能派上用場。除去「外表顯眼」這一點，著實是個優秀的人才。

「……我是反對同時動用『Candiru』和臼原。」

「你安心啦，老爸，又不是要讓他們一起行動。只是在Orihara Izaya身旁，好像有個能讓翁華聯合吃鱉的人物。比起一群人赤手空拳地行動，還是交給臼原一個人比較不顯眼。」

「真是那樣就好。」

——雖然覺得龍二太小看臼原還有對方……但是現在讓他失敗一次，做一次人情給他，這步棋也不錯。

甚五郎開始計算起怎麼讓兒子欠自己人情。

——我可是製造了「一輩子份人情」給龍二了。

——真是的，就這樣死了，忘恩負義的傢伙。

一邊想著不太感受得到親子之情的事，甚五郎平靜地嘆了口氣。

——……不對，那與其說是人情……

站在深思中的甚五郎旁邊，後梳油頭男開了口：

「那麼，去調查那個叫作Orihara Izaya……這個人就好了嗎？」

聽到後梳油頭男——「Candiru」幹部磯坂的發言，龍二點了點頭。

「喔，對，就是Orihara Izaya！徹底找出那傢伙的情報。只要可能是他把柄的，全部都要。雖說可能是假名，但確實有自稱這個名字的人想接觸堂馬那傢伙。」

「唔……聶可，妳覺得呢？」

磯坂聳了聳肩，向接待室沙發的後面發聲呼喚。

聽到聲音，坐在地板上靠著沙發，背對他們的女子——聶可只是盯著連接上無線網路的筆電螢幕回道：

「嗯～可以喔～看來可以呢。東京的朋友中，似乎有個女孩知道呢。我先去問問她好了——」

「真的假的？手腳真快！快點告訴我！」

龍二雖然想把筆電搶過來，但聶可一個閃身躲開，並在地板上轉了一圈。

「還不行給你。情報還沒確定之前，不能給你喔，大叔。」

「大叔……」

龍二張口結舌。甚五郎開口說：

「這是當然。情報都還沒證實，你就要搶，這樣有意義嗎？」

「是……是沒錯啦……」

代替因困窘而沉默的龍二，甚五郎說：

「只要通報已經確定的情報就行了，最優先要調查的，是那傢伙有沒有外部組織作為後盾。」

「知道了。」

「了解～」

像在配合磯坂的話一般，聶可舉起雙手，拿下防藍光眼鏡，一邊笑著闔上筆電。

然後，兩人就像在趕時間般迅速離開房間。

之所以沒有談到報酬，是因為最初聯絡的時候就談好了。

緊接著，原本支支吾吾的龍二突然抬起頭來，頤指氣使般對著入口處的臼原下起指令：

「好……走嘍，臼原。你也有事要做。」

「……」

臼原不發一語地點點頭，跟在著龍二的後頭走出房間。

在龍二走出去後，甚五郎叫了聲站在旁邊的富津久會少主。

「宇田川。」

「是。」

「雖然有臼原跟著，還算可以信賴，但那傢伙現在是聽龍二的指揮。我沒辦法信賴他的指揮。你也去盯著他們，可以的話，在他們掌握到Orihara Izaya正確的動向時就聯繫我。」

「……我沒問題，但是您打算怎麼做呢？」

聽到宇田川這個詢問，甚五郎忍不住笑道：

「那個叫作Orihara的傢伙雖然對翁華聯合出手，但並不像是受到喜代島派或我們其中一方僱用才來到這座城市。儘管如此，這傢伙才來這城市沒多久，就已經搞得硝煙四起，讓我產生一點興趣了。」

「該不會是想拉攏他吧？若龍二講得沒錯，他有可能和喜代島堂馬達成協議了。」

看著皺起眉頭的宇田川，甚五郎顯露出對待兒子一般，富有人味的笑容：

「那就全盤接收他們的協議就好了。」

「哦，不是要盡量避免跟喜代島起衝突嗎？」

「原本是這麼想啦。但都嚴重到把『Candiru』牽扯進來了，我想礦山的內情遲早會被查出來。」

「……」

有關礦山枯竭的內情，包含礦坑在內，就只有一小部分的人知道。

礦坑的礦工們深信他們所挖出來的岩盤，還富含著大量資源。

扣除這一點，只要在內部進行作業的人，各部門大概都有不少人感覺到異狀了。

但是察覺異樣的人都以「晉升」這樣的婉轉形式調離礦坑現場；又或者是委婉地請他閉嘴，一路封殺異議。

因為並不是人命相關的事件，察覺內情的人大多決定好好享受那份「封口費」。

「雖然不確定該把那個叫Orihara的當作祭品還是拉攏過來，但若能透過他取得喜代島那邊對我們有利的訊息，也是不錯的辦法。」

「但是，不會太冒險了嗎？」

聽到宇田川這句話，甚五郎一臉不在乎地回答：

「現在就算發生什麼事都能推給龍二吧？那樣的話，我就放棄他，讓和久繼承，又或者是努力生個第四胎……不對，說實在的，我要是死了，誰繼承集團都無所謂啦。」

聽到他這麼直白的宣言，宇田川愣愣地點了頭：

「請放心，我們富津久會將站在帶來利益的那一方。」

「……那就是說，如果我們沒有吃下開發案，就會跳過去喜代島那邊嘍？」

「那是我們老大該決定的事，我怎麼想都不重要。」

「僅僅三秒就把話給帶過去……真是的……」

驚訝般聳了聳肩後，甚五郎面露笑容。笑容中，彷彿在對那位素未謀面的男子下挑

三章B
利用折原臨也（阿多村 SIDE）

戰狀：

「那麼，Orihara Izaya這傢伙到底有多蠢呢？快帶點樂子給我吧。」

♀♂

旅館「武野倉GRAND PLACE」皇家套房

這個男人，說不定比我預想中更愚蠢。

和久之所以這麼想，是因為他在高級旅館的公寓式套房內，看到男人的模樣。

男人坐在輪椅上翹著腳，單手輕搖著紅酒杯，裝得一派優雅說：

「哎呀，你就是阿多村小弟嗎？我叫折原臨也，你好。」

如果是這樣的開場白，還算有符合醞釀神祕氛圍，充滿謎團的男子印象；問題在於，那輛輪椅正被一個小學生左右的男孩子推著滿屋子狂奔。

「轟——轟轟——呀呼——！好開心喔，臨也哥！」

這孩子一邊用手拭去額頭上的汗，一邊開心地推著輪椅。就孩子而言，該說他的腳力和腕力還算不錯嗎？他正以頗快的速度在高級家具之間狂奔著。

激烈搖晃使得紅酒杯中的液體四溢，裡頭裝的應該是放在桌上的麥茶。

「怎麼樣？初次見到我這個誘拐你女友的人，有什麼感想呢？」

「也沒什麼感想……」

和久不知該作何反應，下意識地把目光從該名男子身上移開。

然後他看到菜菜正笑咪咪地望著那名男子。

「菜菜，妳沒事太好了……！」

「嗯，太好了，和久也沒事……！」

和久和菜菜確認彼此的現狀。

在小倆口正這麼做的同時，自稱臨也的男子坐在輪椅上忙著被推來推去。

「哎呀，遙人，你願意停下的話，我會很高興喔。」

「是！臨也哥！」

一邊很有精神地回應，臨也稱作遙人的男孩停下輪椅。

不知是因為急停，還是坐在輪椅上翹腳耍帥的緣故，臨也的身體往前被拋出，就這樣摔出輪椅。

「哎呀。」

不過他即時抓住沙發的一端，上半身就這樣順勢慢慢坐上沙發，並在沙發上又再次翹起腳來。

「呼，遙人，我是沒關係，但如果有機會再幫別人推輪椅的話，絕對不可以像剛剛那樣亂推急停喔。」

「好的！臨也哥！」

因為男孩以過於天真的表情點頭回應，令人懷疑他是否真正理解臨也的意思。

這麼想著的和久決定跳過這些疑問，先向在沙發上坐好的男子發問：

「……你的腳，不方便嗎？」

對於和久的問題，臨也顯露游刃有餘的笑容說：

「雖然站起來或走路會有點難受，症狀比起之前算是輕微了。如果忍著疼痛，還是能像這樣翹腳。」

也不知道臨也說的話有幾分屬實，和久還是刻意繼續追問：

「是意外嗎？」

雖然想到這樣直接追問有點失禮，但對於隨意使喚人過來的傢伙，他覺得就算失點禮數也沒關係。

「這個嘛，意外嗎……如果找像是哥吉拉般的巨大怪獸打架，結果反被打也算意外的話……嗯，算是意外吧。」

「？」

「這只是舉例啦。只是身體挨了下鋼筋，被打飛了幾公尺，側腹又在雙手骨折的狀態下挨一了刀而已啦。一開始的鋼筋最糟糕，那時候感覺全身的骨頭都在發痛。在那之後故作堅強，靠著腎上腺素硬是消除痛楚，這就是硬跟怪物打架所帶來的結果。」

「喔……」

雖然不明白舉例的怪獸是什麼意思，總之是嚴重的負傷所帶來的後遺症。整理一下概要，就是被捲進有關鋼筋的意外後，又參加了海外的奔牛節之類的吧？

和久如此想像著。臨也好像要把自己受的傷形容得「不怎麼樣」一般，用極其開朗的語調繼續說：

「不過也不是完全站不起來，上廁所、淋浴，要上床睡覺都能自己辦到，還算不幸中的大幸。可惜不能像以前一樣在街上跑來跑去就是了。」

「是在復健中嗎？」

「……如果在合適的場所復健，聽說還有可能恢復……但是我啊，並不想這麼做。」

「為什麼？」

看他問得這麼直接，臨也嘴角保持著笑意，表情有點認真地說：

「這個是……教訓。對我的一個教訓。」

「教訓……？」

「對，教訓。我之前嘴上都說愛著人類，然而每次惹到人後，都是誇張地跳來跳去逃跑。但被怪獸……不對，不要再這樣自欺欺人好了。我被超越人類的傢伙抓住，就變成這副模樣了……」

臨也像盯著遠方一般游移著視線，笑聲讓人感到自嘲。

「如果真的愛著人類，我認為不應該逃離人類，也不應逃離超越人類的怪物，更不應該逃離真正的怪物。我只是想保持距離得到自己想要的東西，想保持自己身於安全場所。這對愛來說是不純潔的。對，不純潔。」

「……？」

看著不懂自己在講些什麼的和久與菜菜，臨也像是在說服自己般繼續說：

「所以，我決定不再逃跑。雖然還是會躲藏也會騙人，但倘若有人能跨越這種困境，到達我的面前，我想我會堂堂正正地面對他。」

說完這些意味深遠的話後，臨也盯著和久說：

「嗯，雖然是我叫你過來的，但現在你就站在我面前，就算想逃也逃不了。不過，在這裡的遙人說不定會救我喔。」

「我知道了，臨也哥！危險的話，我會報警！」

「嗯，遙人，那樣八成是我會被逮捕，還是算了吧。最實際的，還是打電話給坐先生吧。」

「對喔！臨也哥果然厲害耶！但只要還有兩成機率，臨也哥一定沒問題啦！」

臨也看著目光閃爍的男孩，口中低語著「你是不是在耍我啊……？」不過這些話沒有進到男孩耳裡。

「總之，我這樣就是堂堂正正地面對站在我面前的你。不過是我叫你過來，這也是理所當然。」

雖然直率坦白，但出自臨也之口，就像在故弄玄虛。

和久心想這大概就是這男子的本質，開口詢問：

「那個，這是怎麼一回事呢？你對我們倆的事了解多少……？」

「有多少嗎？我想想，我反過來問你好了，你想知道多少？」

「咦？」

「你應該也有一兩件不想讓人知道的事吧？在你那可愛的女朋友面前，你也想保持一點小祕密吧？」

臨也瞇上眼，嘴角笑得扭曲：

「不過，先算了，我等等也有些事想個別談。我想知道的是情報。為了避免情報洩漏，所以需要個別談話，就算你的女朋友也一樣。這段時間就請她在這層樓的餐廳裡享受一下餐點吧。一個人吃飯感覺有點可憐，那麼，還是請遙人陪她去吧。」

「喔……」

菜菜一臉茫然。不知何時，手已經被來到身旁的遙人給牽起。

「太好了！姊姊，走吧！那邊那間店的炒飯很好吃喔！」

男孩目光炯炯有神，嘴邊口水還差點流出來。

「我知道了。炒飯錢的話，我想我還付得起……」

「這當然是我請客嘍。難道你想自己掏錢付？」

一邊說著，臨也從口袋拿出小錢包，拋給遙人。

男孩接過小錢包，嘴上說著「那麼，快點走吧！」手一邊拉著菜菜走出去，而菜菜一點緊張感都沒有。

「那麼，我們先去吃了！和久跟和臨也先生，等等見喔！」

菜菜說完，走出了房間。

「明明身處這種情況，你女朋友還滿遲鈍的呢。」

菜菜走後，臨也對茫然佇立在一旁的和久這麼說。

「那傢伙總是把世界想得太美好了……」

對和久而言，那也算是她的可愛之處。但當和久聽她提到「如果我跟和久關係不錯，喜代島家和阿多村家的關係也會變好」這話時，不禁讓和久覺得，這已經超越理想而是個夢想，使他更加感到消沉。

看著和久大嘆了一口氣，臨也說：

「這是好事喔。有這種無憂無慮的善人也不錯。反過來說，像你這樣的現實主義者也不錯。我可以平等地去愛你們。啊，並不是有關性那方面的意思，你可以放心。」

「比起那個，說我是現實主義者，怎麼會這樣說……」

「不用我說，『你也知道』吧？」

「……！」

有股臨也的話滲透進自己背脊的錯覺。

和久的手滲出汗水。他就像在看個怪物般，怒視眼前的男子：

「你倒底……到底想……做什麼……」

「哎呀，我只是想問看看而已……問問你所能坦白的真相有多少。」

「……」

「只是，如果能聽到讓我滿意的內容……」

情報商人展露笑容，對顫抖著的和久提出一個「交易」：

「我可以幫你們兩個逃離這座城市喔。」

♀♂

餐廳　「金剛菜館」

「我問你喔，你住在這城市嗎？」

邊等待點好的炒飯上桌，菜菜問道。

這裡炒飯的價格雖然比市區飯館的貴了五倍之多，不過身為喜代島之女，當然看過這種價格的餐點，沒有因此感到驚訝。

但她還是能理解請她吃的東西有多麼昂貴。

從住在公寓式套房和那個特製輪椅來看，對方大概擁有相當的資產。

菜菜想著。但如此一來，她就不懂這個名為遙人的男孩了。
從男孩以「臨也哥」一詞稱呼，兩人大概不是兄弟。
她心想或許是親戚之類的，便委婉地打探男孩的身世。
「不對喔！我是埼玉人喔！」
「啊，這樣啊。還真遠呢……那麼，你們是來找住在這裡的臨也哥玩嗎？」
「嗯？不對喔。臨也哥他常去很多地方……他是哪裡人啊？」
看著滿臉疑問的男孩，菜菜也一頭霧水。
「那他和你是什麼關係呢？」
「嗯……我想想，我和緋鞠啊……是臨也哥救了我們。啊，緋鞠就是跟我一起來這城市的女孩子喔。」
「這樣啊……救是什麼指意思呢？」
看著持續追問的菜菜，名叫遙人的男孩——極為乾脆地說出那句話：
「那個，我爸爸被緋鞠的爸爸殺了！」
「……」

菜菜還以為他在說笑。

不清楚男孩的意圖，所以菜菜靜待數秒，但男孩以滿毫不在乎的口氣繼續說。

「那個啊，我媽媽和緋鞠的媽媽本來是朋友，但是大吵了一架，我媽媽就故意說我不可以跟緋鞠見面了。最後，媽媽用菜刀刺了緋鞠的媽媽，然後也想殺死我和緋鞠。」

「……」

「然後臨也哥就來救我們了！他說是我們爸爸的朋友。不過我媽媽和緋鞠的媽媽都被送進醫院，暫時見不到面了。」

「……這樣啊。」

因為男孩的語氣過於輕鬆，菜菜一開始還無法理解男孩在說什麼。

但隨著時間過去，思考內容後，她理解到男孩的母親大概患有精神上的疾病——然後被送進警察醫院或專門的病院中了。

「你們很辛苦呢。」

「嗯……不過我不寂寞喔！因為臨也哥幫了我很多忙！」

男孩一臉天真地說著。

這很明顯不是普通的事情。

如果拯救了他們，又為何將這名男孩和名喚緋鞠的女孩，大老遠從埼玉帶來這座城市呢？話說回來，不用去上學嗎？是打算讓這兩個孩子做什麼嗎？

一般人應該會像這樣不斷湧現疑問。

但是名喚菜菜的女孩只是看著男孩的笑容，便無條件相信了他。

「這樣啊……你辛苦了，遙人。」

就像將天真女孩對這世界的希望推向了現實一般。

菜菜眼眶泛淚，擁抱坐在隔壁的男孩，有如天使一般微笑著：

「但是，我知道了……折原臨也先生是個很好的人呢……！」

♀♂

傍晚時分　武野倉市內

——真傷腦筋。

阿多村家的幫傭——新山薊外出購物時，在確認周遭沒有阿多村家的人後，大大嘆了口氣。

利用折原臨也（阿多村SIDE）

——沒想到會那麼認真地尋找起「Orihara先生」。

方才在家工作時，她看到一對可疑的男女與市內有名的臼原走進接待室。

因為交代不用上茶，她便不在意此事，繼續打掃走廊。

雖然一點都沒有打算偷聽，但房間內的龍二嗓音卻大到她都聽到了。

因為對話間明顯出現「Orihara Izaya」這固有名詞，她感到無比憂鬱。

如果被發現就是她流出情報，一定不會被輕饒。

應該是不至於被殺，但很有可能丟掉飯碗。

——就這件……這件事一定不能發生……

好不容易才來到這裡，事到如今怎麼能再失去。

但是，接下來自己能做什麼？

幫傭大大嘆了口氣。

她並沒有察覺。

自己背後有一個影子正在接近。

「……那個，姊姊……」

「噫！」

回頭後，她面前站了個女孩。

薊認得對方。

是那個站在Orihara Izaya輪椅旁邊的女孩。

「妳還記得我嗎？」

看著毫無表情發問的女孩，薊下意識地坦然點頭。

女孩低聲說了句「是喔」，便遞出手機：

「那麼，你知道這個手機是誰送來的禮物吧？」

「……」

薊接過手機後，女孩以平淡的語氣繼續說明：

「小心別被宅邸的人發現喔。臨也哥在手機裡面的名字叫『奈倉』。」

女孩自顧自地將手機塞過來後，帶著冷淡的眼神，說出令薊膽寒的話：

「如果姊姊還想在那棟宅邸裡工作，不要丟掉手機比較好喔。」

「但是……我還是覺得不要牽扯進去比較好。」

三章B

利用折原臨也（阿多村SIDE）

♀♂

晚上　夜店「闇住持」

「是怎樣，堂馬不在喔？」

阿多村龍二光明正大地出現在停車場，圍在他周圍的「翁華聯合」成員一臉激憤。

「龍二！你這個阿多村的人來幹嘛！」

「你以為可以全身而退嗎！」

無視不知名成員們的怒吼，龍二對站在入口旁的一名巨漢搭話：

「嗨，蓼浦。」

「你來幹嘛？」

翁華聯合的首領——蓼浦明顯表現出嫌惡，龍二則露出下流的笑容：

「沒什麼，聽說你最近被一個連路都走不穩的老爺子欺負，我擔心你是不是被假牙給砸傷，來探望一下啦。」

「你這傢伙……」

蓼浦眼睛瞇了起來：
「要來一架是嗎？」
大概是聽到這番話。
翁華聯合的其中一人突然起身，走去後車廂，打算拿出木刀。
「喂，算了！不要受他挑釁！這麼做的話……」
龍二的聲音蓋過試圖阻止的蓼浦：
「對，就變成真的是喜代島……殺了我老哥嘍。」
「唔……」
「但是呢……放心啦，我不是要來找你們幹架，只是來聊聊天。」
龍二一臉竊笑，看向打開後車廂，想拿起木刀的那個混混說：
「所以說，那種嚇人的東西就收起來吧。」
在這剎那——他們發現了。
停在停車場裡的卡車貨台後方，緩緩出現一個巨大的影子。
蓼浦對自己的體型相當有自信，但看到比自己更龐大的那個影子後，嘴上叼著的香菸掉落到地上。
「臼……臼原。」

眾人看到這個巨人形體而吃驚之際，就只有打開後車廂的那個混混沒有察覺。

混混的同伴們打算出聲警告，但臼原比他們更早一步，用力關上後車廂門，夾住混混拿起木刀的兩手。

「嘎……咕啊啊啊？啊啊，啊啊啊！」

喀嘰一聲，響起雙手骨頭被折斷的聲音，年輕人的手就這樣被夾在後車廂內，大聲哭喊著。

「……」

臼原不發一語，抓住發聲哭喊的青年的頭，在他的手還夾在沒關緊的後車廂門時，將其一頭撞上後車廂門。

「嘎噗。」

隨著扭曲的呼喊聲，青年失去意識。

「你……你這傢伙！」

周圍的翁華聯合成員雖然群情激憤，但光從表情就能看出，沒人敢上前一步。

「龍二……你這傢伙，帶那隻『馴鯨』來是什麼意思！」

蓼浦這般叫喊著。他明白只有自己能阻擋這個巨人，於是站了出來：

「到此為止了，你這個遲鈍的大隻佬！」

蓼浦平時常聽到別人對自己說這句話，此時卻從自己口中說出。

嘴上這麼說著，正想出手阻止對方時——

「嘎……？」

在自己手碰到對方前就先被抓住喉嚨，被臼原給單手舉了起來。

「唔嘎呃嘎嘎……」

蓼浦強忍著越來越難以呼吸的狀況，心中大感錯愕。

——怎麼可能！開什麼玩笑……！

——我的體重，可是有１８０公斤啊！混蛋……！

他很自豪自己推倒過一輛輕型汽車，但此時想起一件事。

想起在他眼前的這個青髮巨漢，偶然在街上遇到大山豬的那個傳說。

大山豬的衝刺連車子都能撞翻，但臼原只往前一踢就擋下牠了——

正當山豬畏縮之時，臼原舉起旁邊的自動販賣機朝山豬一扔，砸死山豬。

蓼浦一直以為這個傳是胡扯的，但看到眼前這名男子後，確實感受到那壓迫感了。

——可惡……但可不能再被壓著打……

雖然被臼原抓住喉嚨舉了起來，蓼浦仍舊嘗試回擊。他的雙手拍向臼原的雙耳，試圖使他鼓膜破裂。

但這意圖早一步被看穿，就像在倒垃圾一般，蓼浦的身體被輕鬆丟了出去。

「呃啊……」

「喂，都說了嘛，我不是來吵架的。結果你們還要硬來才會這樣。」

看到眼前的蓼浦背部沉重地摔倒在柏油路上，龍二忍不住發笑。

隨即，在傻愣愣看著眼前情景的翁華聯盟的成員之間，鑽出一個跟這個場景完全不搭的女孩。

「什麼什麼？打架？男孩子真是～青春洋溢呢～」

這名言行舉止完全不搭調的帶眼鏡哥德蘿莉女，卻拍了拍遠比自己龐大許多的臼原的屁股，朝著龍二說：

「啊～該叫你僱主先生嗎？結束了喔～這邊結束了～老闆雖然不肯說，但影片可是拍得一清二楚～那個老人家好厲害啊！要不是因為這是工作，我馬上就把這影片上傳到Yotube狂賺點閱數了！」

「這樣啊，還真期待見到那傢伙。」

「這家店啊，監視器的資料都儲存在電腦裡，那台電腦還連接著無線網路！要竊取資料根本輕而易舉！」

濃厚的眼妝，給人病懨懨的印象。

這種妝容戴上眼鏡再配上微笑，讓人覺得像個徹夜未眠，精神亢奮的公司女職員。

當然，她身上所穿的哥德蘿莉裝束完全抵銷這種印象。

接著，女孩背後出現一名後梳油頭，配上太陽眼鏡的男子，向龍二開口說：

「我想這邊沒事了，請回到車上。」

「什麼啊？結果根本不需要我和臼原當誘餌嘛。」

龍二一臉無趣地聳了聳肩後，對倒在地上的蓼浦問話：

「喂，蓼浦，我的『馴鯨』和Orihara那個小鬼養的老頭，哪個厲害？」

「……我哪知道，不管哪個都可以吧。至少以殺了你來說，他們用一根小指頭……就很夠了。」

「喂，跟我沒關係吧！」

蓼浦淺淺一笑後，繼續說：

「況且，說什麼『我的』……養那頭『馴鯨』的是你老爸吧……你這傢伙連飼料都準備不起……嘎啊……」

「吵死了！」

龍二怒吼著，不停往蓼浦的腹部猛踢。

「竟敢瞧不起我！我可是要！繼承！阿多村！繼承這座城市！等我繼位的那天，不會有你們的位置！給我記住啊！垃圾！」

「請先這樣就好。被他提告傷害可就麻煩了。」

聽到後梳油頭男——磯坂的這句話，龍二只得不情願地聽從：

「嘖……知道了啦。」

像是在安撫不開心的龍二一般，磯坂在龍二耳邊竊竊私語。

那是能令龍二盡快回到車上的一句話。

「大概清楚折原臨也是什麼人了。在翁華聯合的面前不好拿出來，請到車上給您看相關資料。」

♀♂

車內

「所以，知道些什麼了？」

龍二催促磯坂交出情報。磯坂看著手邊的平板電腦，平淡說：

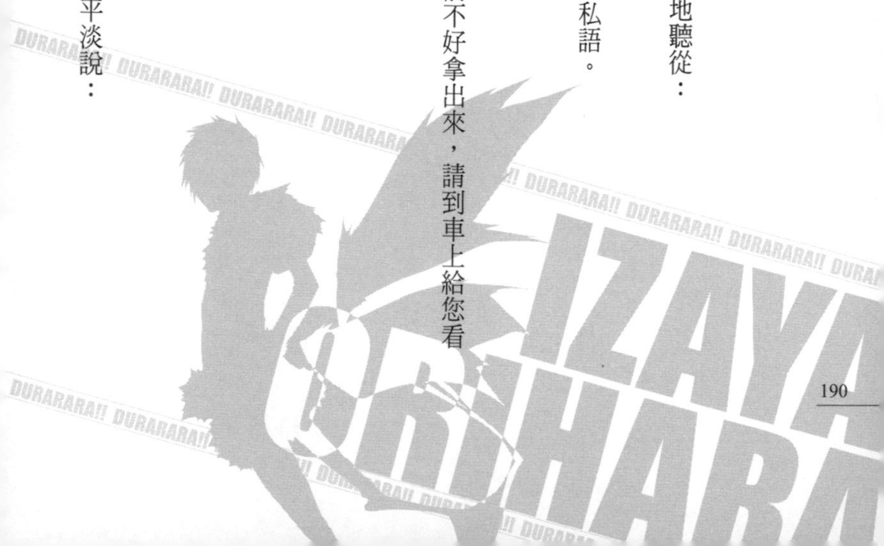

「……有些話想先說在前頭……因為還在調查中，資料並不多，所以只是先跟您說已經知道折原臨是什麼人了，這是第一點。」

龍二一臉「還有第二點啊」的表情，磯坂繼續平淡說道：

「第二點是，我們調查的是叫作『Orihara Izaya』這個人，以及搜尋有可能進行本次行動之的人的情報，所以有可能是他人冒名，要陷害我們所調查的這個『折原臨也』，畢竟我們都沒有人見過前述的這位人物。」

「的確……」

「不過我們有找到臉照，應該很好確認是不是本人。」

「真的假的？」

距離委託調查還不到半天。

龍二完全沒想到，居然能在這麼短的時間內取得臉照。

——不愧是能得到老爸關愛的一群人。

不過這層關係以後也會變成自己的——龍二心裡開始幻想這些事情，他早就把當初憤慨的理由，也就是「替龍一報仇」這個因素拋到九霄雲外了。

磯坂交給他的平板電腦螢幕上頭，顯示一名年紀尚輕的男子臉龐。

身著黑色毛皮大衣，一頭整理得相當俐落的亮麗黑短髮。

「是個比我想像還來得更軟弱的傢伙耶……話說回來，這是什麼照片？」

看來像從遠處用望遠鏡頭偷拍的照片。背景是被撞爛的護欄和攔腰折斷的路燈，以及翻倒在一旁，裝飾誇張得像是暴走族持有的汽車。

「……這是在拍電影？長得倒挺像個演員啦……」

「還不清楚……這是一個跟折原臨也有仇的人在跟蹤他時，從遠處偷拍的。」

「有仇啊……果然這傢伙四處惹事。」

龍二很能接受這個說法。磯坂以平淡的語氣提出接下來的行動方向：

「為了能確認是否為本人，要不要把喜代島堂馬抓來，讓他看看這張照片呢？」

「……你這傢伙，說話還真勁爆呢。」

「我先當作這是您在誇獎我。如果有臼原的協助，要抓喜代島堂馬應該不難。」

透過後照鏡，確認後頭的大廂型車有跟上，磯坂一邊講著：

「我們只是請他過來『禮貌地問話』而已，只要不讓他嚴重受傷，我想不會讓事態惡化。」

「就這樣吧。」

後果當然不會像磯坂所講得這麼簡單，但是龍二很輕易地點頭同意他的提議。

「先不管這個，那個叫Orihara Izaya的，是怎樣的一個人啊？」

「是的，首先這是他名字的漢字寫法。」

磯坂嘴上說著，把攜帶型印表機列出出來的資料拿給龍二。

看著紙上所註明「折原臨也」這幾個字，龍二皺起眉頭：

「這唸作Izaya啊？」

「這個讀音相當特殊，一般來說絕對不會這樣唸。可能是借字吧，還真讓人佩服居然過得了戶政事務所那關。」

「原來如此……難怪網路上搜尋不到。」

「有人會以為讀作Rinya。但實際用Orihara Izaya下去搜尋的話，某個東京社群留言板倒是有幾個相符的字串。」

畫蛇添足一般地說明完後，磯坂冷淡地解釋：

「折原臨也，池袋人。雖然自稱二十一歲，實際年齡其實不止，查到實際年齡後會再告知。就讀池袋的來神高中，畢業後自稱『情報商人』，跟東京都內的獨色幫與愚連隊有著深厚的關係。從這裡可以推斷，『折原臨也』與來到我們城市的『Orihara Izaya』是同一個人。」

「喔……」

「接下來要講的事相當重要，我建議之後跟令堂討論過會比較好……」

這是應該讓阿多村家的當家阿多村甚五郎知道的案件——

如此提醒完，磯坂繼續說明：

「他跟東京『栗楠會』和『明日機組』為首的許多暴力集團有關係。」

「……！也就是說，背後有黑道在挺嘍？」

「應該是工作上有往來，但具體內容不明。只是，有許多資料顯示他與栗楠會的幹部有直接關聯。」

比想像中更誇張。

龍二心中如此想著，一邊緊張地嚥下口水，追問剛才提到的組織。

「……那些黑道……組織龐大嗎？」

「在池袋是相當有實力的組織。在列入警方跨區管制的目出井組系統內算是中堅派系，搞不好接近上層。說白點，從根本上就跟阿多村集團所豢養的富津久不同等級。」

「……那是指在市外發生衝突時吧，但在這城裡就是富津久會占優勢，就算多麼龐大的組織都一樣。」

「嗯，所以是為了削減富津久會的實力才派來折原臨也……這個可能性相當高。」

聽到磯坂這句話，龍二皺起眉頭問：

「為了什麼？」

「有可能是為了併吞開發案的利益而來。商業規模就日圓來說是以兆為單位，不管是永久還是暫時吃下這塊大餅，都很有遠從東京來介入這項開發案的價值——畢竟這裡也沒有其他大型跨區的黑道組織。」

這段話龍二心底也明白。

事實上，周邊區域性的大型組織不只一兩次來騷擾，但喜代島或阿多村都在他們構成威脅之前就解決掉了，當然也有避免被內部挑撥。

「折原臨也這個男人不是幫會成員就是了。不能說是正派人士，大概是愚連隊等級的人。既然是遠方來客，你們抓不到他也是正常。」

「過去的事情就算了……那麼，這個叫臨也的傢伙會些什麼？」

「是的，看來他會的就只有自稱的『情報商人』這件事。不只是黑道，他似乎在各方面都有管道，包含從當地暴走族『屍龍』到海外的異教團體。然後從這麼多樣的交易對象中散播這麼多種情報，儘管如此卻沒被其他組織下手，這一點十分異常。」

磯坂聳了聳肩，苦笑說：「說真的，這正是我們『Candiru』所嚮往的型態。」

「除此之外，還擔任『DOLLARS』、『黃巾賊』這類當地獨色幫的顧問。只是幾年前捲入一些衝突，那時曾暫時從檯面上消失。也有傳聞說他已經被俄羅斯人的殺手幹掉，所以當務之急是確認現在在這城市的是不是本人。」

三章B

利用折原臨也（阿多村 SIDE）

「他到底有什麼目的……？你覺得他背後真的有東京的黑道當靠山嗎？」

「誰知道呢，這也只是推測而已。雖然跟粟楠會或明日機組有過交易，但總覺得不是手下。他是出了名神出鬼沒，讓人猜不透下一步的男人。」

「……越來越搞不懂了。是怎樣的一個傢伙啊？」

雖然了解他的立場了，但就是無法想像「為人」。

像是在為龍二補充說明般，磯坂繼續報告：

「雙親在貿易公司上班，好像都不在日本。有兩個妹妹，但現在沒有住在一起。周遭對他的評價各式各樣，有人把他當作神一般信奉，也有人把他當作人類的公敵，更有人不屑地稱他為跳蚤。反正，就是一個讓人喜惡分明的人。」

看著資料，磯坂再度補充：

「有段時間的興趣是踩壞女性的手機……不過這點未經證實，就當謠言好了。」

「本身就是個變態，才會有這種謠言吧～」

正當聶可在副駕駛座上竊笑時，阿多村龍二的手機響了。

「嗯？是我的……？……沒看過的號碼……喂？」

一邊皺著眉頭並接起手機，阿多村的耳邊響起沒聽過的聲音。

『嗨，你好。是阿多村龍二嗎？』

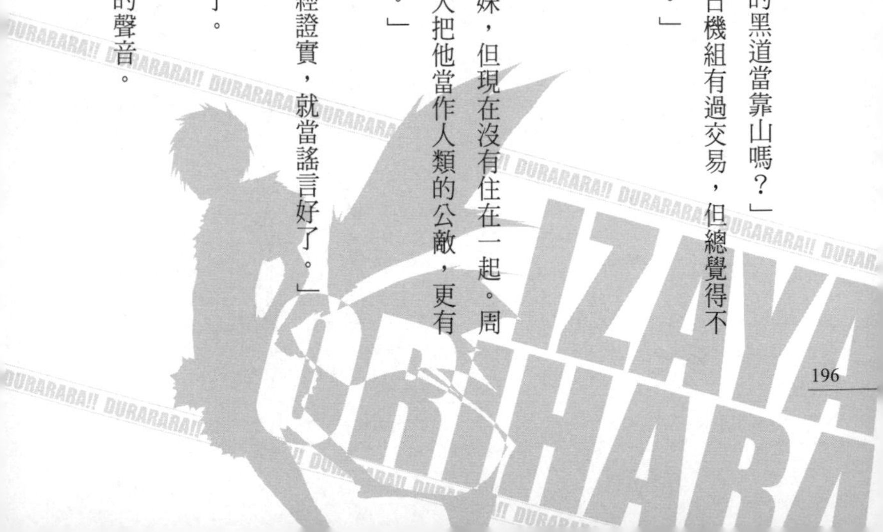

「……你這傢伙是誰？」

『啊，聽說你們在調查我，我才以為你們已經知道我的聲音了。看來是有點高估「Candiru」那些人了呢。』

龍二的太陽穴青筋一跳。

想通對方到底是誰後，他嘴角尷尬地說出那個名字：

「你是……折原臨也？」

坐在隔壁的磯坂頓時一驚，副駕駛座上的聶可也立即停下操作電腦的動作。

『答對了！太好了，還有點推測能力呢。』

「你這傢伙……在瞧不起我嗎？」

『才沒有啦。怎麼敢瞧不起赫赫有名的阿多村家繼承者呢？不管你本人的能力如何，只要是阿多村家的一分子，就算再怎麼笨，也是值得我警戒的人喔。』

絲毫沒有拐彎抹角，直接挑釁對方「本身很無能」。就算龍二也能馬上理解話中意思，他將手機狠狠砸向擋風玻璃。

「喔咿～」

聶可發出一聲不像悲鳴的悲鳴，緊抱著筆電，避免被反彈的手機砸到。幸好手機馬上掉到地上，司機與聶可都沒受傷。

擋風玻璃上產生細微裂痕，因為撞擊，手機的電池掉出，通話自然便中斷了。

「冷靜一點，這樣正中對方下懷。」

「怎麼冷靜得了！他也瞧不起你們『Candiru』喔……說你們連他的聲音都不知道！被這樣瞧不起，不會不甘心嗎？」

「這不好對付。」

磯坂保持冷靜的語氣，聳了聳肩。

他瞇起眼來對龍二說：

「問題不在於他瞧不起我們，而是他知道我們在調查他……這件事。」

「啊……？」

「派去東京調查的人員，在表面上並沒有跟『Candiru』有所聯繫，他卻這麼快得知我們的行動，真是不簡單。又或許是對方在試探你。你如果回答對方『怎麼知道Candiru的』就糟糕了，所以這點能說龍二膽識過人。」

「哦？是……是喔。」

雖然絲毫沒有要躲避對方下的圈套，總之先肯定龍二對同伴遭到輕視的重視。

磯坂和聶可一開始也沒有察覺對方是在輕視自己。

「……喂，剛才那通電話，可以追蹤發訊源嗎？」

龍二提出個難題。

「如果握有特定電信公司大半員工的把柄，進行要脅就有可能，但只要其中有一個人報警，我覺得接電話的您就會被抓喔。不過，現在也不可能馬上做到這種事。」

「可惡，什麼啊，真沒用……」

「如果要嘗試接觸對方，我認為我們先打回去比較重要。」

「……知道了啦。」

龍二咂舌一聲後，接過聶可撿起來的手機，裝上手機電池。

才一開機就出現許多未接來電，全都是同一組號碼。

「如果你能用擴音讓我們也聽到對話就好了。」

「知道了，知道了。」

依照磯坂的指示，設定成擴音之後，龍二回撥那幾通未接來電的號碼。

於是，電話不到幾秒鐘就接通了。

『嗨，太好了，還以為你不接我電話了呢。』

「雖然很想這樣做就是了。有什麼事？」

『啊，我想買你的個人情報。你應該知道我是「情報商人」了吧？』

臨也目中無人的語氣令龍二面露不悅：

「……你以為你有立場跟我談這件事嗎……？話說回來，你這傢伙是從誰那裡打聽到我的號碼的？」

『不能透明情報提供來源喔。當然，你賣給我的情報，別人也不會知道是你提供情報的。雖然這點只能靠你對我的信任了。』

「你覺得我們完全不知道你的底細嗎？」

『什麼意思呢？』

「你不是有兩個可愛的妹妹嗎？……折原……舞……留……？跟九……這字要怎麼唸啊？」

磯坂交給龍二的資料上記載的是臨也的家人。雖然想唸出名字，卻因為沒有讀音，不能如願。

『啊哈哈哈哈哈！沒錯沒錯！我有妹妹喔！真是抱歉，漢字太難，你不會唸是吧？下次遇到我老爸時我會跟他說，阿多村集團的繼承人，因為老爸你取的名字出糗了！』

再次湧上一股衝動想把手機扔出去，但礙於坐在旁邊的磯坂冰冷的視線，龍二強制令自己腦袋冷靜下來。

「……你沒有機會再見到你老爸了……不對，我會馬上送你們一起上路，應該馬上又能見面吧……你覺得你這對可愛的妹妹們會怎麼樣呢？」

『都可以啦。隨便你。』

「少逞強了。」

『那個，龍二，你覺得重視家人，有人質在對方手上就會擔心的人，會以本名出來混嗎？更別說找你或喜代島堂馬先生這種人當對手了。』

這是極具說服力的話，但龍二卻在意別的事，語氣激動了起來：

「你這傢伙！為什麼對堂馬那傢伙稱先生，我卻沒有！」

『年齡的關係吧。你這樣可不好喔，要尊敬長輩喔。』

「吵死了！你這傢伙不是二十一歲嗎！比我還小一歲耶！」

『哎呀，你應該知道我其實比自稱的年齡還大吧？你這樣可不行啊，要好好認真聽「Candiru」說的話啦。』

龍二氣得青筋暴露卻啞口無言。磯坂一邊嘆著氣，接著說道：

「折原臨也先生，方便嗎？我是富津久會的——」

因為是手機擴音，所臨也聽得見磯坂的聲音。

正打算報上假名時，手機喇叭傳來一聲愉悅的聲響：

『久仰久仰，您好！能跟「Candiru」的幹部，磯坂先生說上話真是備感光榮！這麼說來，情報管理部的井鳴小姐也在旁邊嘍？』

在磯坂報上名之前，折原臨也只憑聲音就知道對方的身分。

龍二感到驚訝，但那句話的最後一段令他不解。

「井鳴是誰？」

隨即，位於副駕駛座，雙眼無神的聶可像在詛咒一般地說：

「……我的本名，不要再叫了。」

『我覺得這名字不錯啊。井鳴壽枝。換種讀法，就是稻荷壽（註：日語的井鳴壽枝，諧音同稻荷壽司）……』

「……我殺了你喔。」

看來應該有被亂取過綽號的陰影。聶可的聲音冷冽，自眼鏡深處透露出殺氣。龍二因為被比自己年輕的女孩所散發的寒氣震懾，只能拚命裝傻，故作沉默。

『喔，真抱歉。雖然捉弄你們，但我不想與你們為敵。我只是想做筆買賣罷了。』

「買賣……？」

『是啊。對了，龍二，我有很多關於你哥哥龍一的事情想請教你。』

「……你說我老哥？」

龍二瞇上眼。

現在還想知道死掉老哥的什麼事？

話說回來，也有可能就是這傢伙殺死老哥的。

龍二這麼想著。心裡的疑問大過怒氣，他決定繼續等對方說下去。

隨即，臨也語氣愉快地問了個奇妙的事：

『你哥哥……有段時間和喜代島堂馬的關係不錯吧？你知道他們為什麼鬧翻嗎？』

「……啊，那個啊……」

雖然沒說出口，但是龍二知道原因。

因為想侵犯堂馬的妹妹菜菜，所以吵到像要廝殺一般。

哥哥想侵犯少女這種變態般的事情，有如阿多村家的恥辱。雖然不太會說出去，但城裡知道此事的人都心照不宣，因此也不是會讓龍二感到慌張的情報。

『那個啊，你知道那之後的始末嗎？』

「……是指什麼？」

『不過，那個就算了。我想問的是龍一周遭的人際關係。我想請你從親人的角度，盡可能詳細地告訴我。』

「……你覺得我會跟你講嗎？」

事到如今還想要人幫忙，還真能開口。

龍二覺得對方在胡鬧。但在他開罵之前，臨也說話的聲音變得高揚且嘹亮：

『當然不會讓你白講！我也會提供情報給你喔！』

「……什麼情報？」

震懾於對方強硬的語氣，他下意識地反問。

於是，臨也以非常直爽的語氣說出一個情報。

「極為冷靜」到讓人厭惡，毫無羞恥心地說出口——

『是你弟弟和喜代島家的菜菜，打算一起私奔的情報。』

間章　名為折原臨也的男子④

折原臨也……？

誰會知道那跳蚤怎樣了！給我滾！

——節錄自傳聞是折原臨也天敵的男性Ｈ氏之訪談

四章

解決折原臨也吧

數日後　武野倉市　鬧區

——總覺得……城裡有些騷動。

富津久會的越野獨自走在街頭，覺得一股詭異的氣氛迎面而來。

不知為何，相較起平常的街道，現在的街道看來就像帶著刺一般。

之所以會這麼覺得，越野心裡有數。

阿多村和久和喜代島菜菜失蹤了。

這是一個震驚世間的事實。

只是，大多不認為他們已經離開這座城市。

因為風聲開始流傳後，喜代島家與阿多村家雙方的手下便開始監視市內的出入口，然後有情報指出，有人在市內看過那兩個人。

雖然不是看到他們走在一起，但知道他們各自都還留在城裡，也都還活著。

大概才要準備離開這座城市吧，不然就是注意到市內四周的監視，提高戒心了。

不只派人到車站監視，更與市內計程車行協調好，說不定每個司機都有拿到那兩個人的照片。

雖然覺得那兩個人遲早會被抓到——但可能是有人協助他們躲藏，至今依舊行蹤成謎；只是偶有消息說看到他們。

——喜代島那邊大概正大鬧著說「阿多村家的孩子拐走他們家的女孩」，龍二那少爺大概也在大鬧著說「和久是叛徒！幹掉他！」吧。真是的，這種時候還來添麻煩。

——不過事出有因，也不難想像他們想逃離這裡的原因。

一邊嘆著氣，一邊走在街道上，越野眼裡看到一個熟悉的面孔。

不良刑警佐佐崎。

「喔，老大好。」

「啊，喔，是你啊。」

雖然覺得佐佐崎看到自己就撇開視線有些可疑，但看到站在他面前，兩個像還在讀國小的孩子，不禁瞇起眼睛。

等那兩個孩子說完「再見！叔叔！」並轉身離去後，越野問道：

「……他們是誰？」

「嗯？喔……那兩個孩子是……那個，親戚的孩子啦。今天也翹課在路上徘迴，剛剛在罵他們。」

越野知道他在說謊。

眼前這個男子的態度本身就很可疑，但主要是他之前就看過佐佐崎被那兩個孩子硬是帶去哪裡。至少在越野的記憶裡頭，實在看不出那是在「罵親戚的孩子」。

「……這樣啊。」

但是他沒有深究，向他問起另一件事：

「總覺得市內有點劍拔弩張耶。老大，你知道原因嗎？」

只見佐佐崎嘆了一口氣後答道：

「城裡不是有都更計畫嗎？為了爭奪那個利益，衝突瞬間變得很激烈。好像還有其他縣市來的黑道、邪教之類的亂七八糟的傢伙。」

「……我沒聽說耶。」

「應該是還沒跟你們這些基層的講吧。我也是在署長問起我之前都沒發現。聽署長說，他有跟喜代島和阿多村轉達，消息應該也快到你們那邊了。」

「……也就是說，維護城市治安的警察的老大，是個大牆頭草？」

聽到越野這樣傻眼的語氣，佐佐崎搖搖頭道：

「這才是聰明人的做法。對那個年輕署長來說，這城市不過是回本署前，作為踏板的地方。不起風波互不得罪才是正確答案。」

「有這樣一個聰明的署長保護我們城市，我高興得都要哭了。」

「別這樣講。那個署長現在也是為了別的案件兩頭燒……啊，對了，想起來了。」

佐佐崎迴避嘲諷，提起另一個話題：

「慎重起見問你一下……阿多村龍一死了的事，你有沒有聽到什麼傳言？」

「怎麼突然說這個……我是有聽說，是喜代島那些傢伙幹的就是了。」

「……雖然不得外傳，但看在你給了我不少零用錢，就告訴你一點大概吧。」

「？」

越野滿臉疑惑。佐佐崎拍了拍他肩膀，附耳說道：

「再過不久，可能就會抓到殺死阿多村龍一的犯人了。」

「啊……啊？」

越野驚訝得雙眼睜大。

還以為那件事會以意外或自殺處理，再不然就是成為懸案。

況且，才剛得知那個署長是個機會主義至上的牆頭草，難以理解這種人為什麼會想增添紛擾。

——不對，等一下。

越野此時彙整起一個推測。

說不定，警察查明這個犯人跟喜代島或阿多村都完全沒關係，其實是個瘋狂殺人魔下手的，這樣就可以理解了。

但是佐佐崎接下來說的話，推翻了這個推測。

「……如果不想牽扯進去，就趁現在快逃離這座城市吧。接下來會很混亂。」

佐佐崎一邊說著，冷汗一邊還從臉頰上流下。他小心注意著四周，謹慎地不讓人聽到這對話。

反過來說，佐佐崎反而不在意跟自己見面會被人看到，由此可見這個情報麻煩的程度。

「你聽好，署長本來也想壓下這件事。但是呢，犯人似乎透漏情報給媒體，這樣如果不先行逮捕，就會被懷疑是警方和地方有力人士有所勾結。再接下去就不能說了，我有先警告你了喔。」

佐佐崎迅速講完後轉身就走，越野目送他，表情僵硬地低語：

「到底是怎樣啊……這座城市，到底要發生什麼事啦……」

白天　旅館「武野倉GRAND PLACE」皇家套房

♀♂

「差不多了，今天這樣就挺不錯了。」

臨也像個坐不住的孩子般，俯瞰著城市。

看著坐在輪椅上，於窗邊徘徊的臨也，坐責備似的開口：

「臨也閣下的『不錯』，對其他人來說大概就是地獄吧。」

「沒這種事喔。坐先生是把我跟快樂殺人犯，還是其他的什麼搞混了吧？」

「這個法說是在侮辱快樂殺人犯。」

「真過分耶。」

聳了聳肩，臨也跟坐談起「自己」：

「坐先生，我呢，發自內心喜歡看到有人中了一億元彩券喔。原本平凡的人生，突然間充滿薔薇色彩而充滿喜悅的瞬間，我真的很喜歡看到。但是，我也平等地喜歡那種一開始過著平凡人生，卻被天上掉下來的鉅款操弄到人生毀滅的樣子。不過，我只會爾偶引誘一下他們走上毀滅之路。」

「鄙人認為，只是偶爾就夠像個惡魔了。」

「相對的，我也偶爾會引導人們走上幸福喔。可是幸福並沒有一個客觀的評量標準，或許也有人享受著毀滅的人生就是了。我會尊重那種人。我也能接受許許多多扭曲的事情——只要那是人們所為。」

「平等的愛就等同誰也不愛……不知道是誰這麼說過呢。」

坐依舊平靜地出口諷刺。

站在他背後的遙人看著坐，鼓起腮幫子說：

「唔～坐爺爺！你在欺負臨也哥嗎？」

「哎呀哎呀，沒有喔。不過遙人啊，可別變成臨也閣下那種人喔。」

「為什麼？」

遙人臉上帶著不滿，卻又側頭表示疑惑。坐直言不諱地回答：

「能像臨也閣下這樣的，就只有臨也閣下了。你把他當偶像是你的自由，但想模仿的話，只會替自己帶來毀滅。如果這樣你依舊想探求這條毀滅之路，將不會再是個人，會變成個怪物喔。」

「好啊！可以跟臨也哥一樣的話，我就算不能當個人也——」

「不行。」

臨也打斷遙人的話，臉上表情帶著罕見的嚴肅。

「臨……臨也哥……」

「遙人，我會喜歡你或緋鞠或坐先生，以及其他各式各樣的人們，原因是你們是個人。我不喜歡那種捨棄為人，捨棄自身的妖怪。說起來，身為妖怪卻能活得像個人，這樣還比較好一點。」

臨也看著遠方如此述說，彷彿知道有這種人存在似的。

「但是……我也想變得跟臨也哥一樣。」

「為什麼呢？」

遙人依舊滿臉笑容——某種意義上早已崩壞的笑容，對臨也說：

「因為我覺得，只要成為像臨也哥這樣什麼都知道的人，就一定能讓緋鞠的爸爸和我爸爸和好了。」

「……」

「媽媽變得奇怪的時候……我不知道該怎麼辦……但是，我想臨也哥一定知道該怎麼辦。所以我……要和臨也哥一樣！變得什麼都知道！這樣的話，一定也會知道該怎麼讓大家都好好相處！」

男孩笑著這麼說。

臨也心底明白。

男孩的內心是一半敞開一半封閉。

藉由盲目相信著自己，支撐著那快要崩壞的心靈。

「……」

緋鞠在房間一角，靜靜聽著遙人與臨也的對話。

她看著臨也的眼神時而冷漠，時而懷有殺意。

「緋鞠也過來嘛。街道的景色不錯喔。」

「……不用了。」

緋鞠的態度冷淡。

與遙人不同，她與臨也之間刻意保持著很深的鴻溝。

臨也心底明白。

她——全都知道。

明明知道一切，卻不阻止父親犯行的臨也，到頭來什麼都沒做。這些事，名為緋鞠的女孩都知道。

被摯友關心，到頭來卻殺了那位摯友——這就是緋鞠的父親。

臨也只是了解一切，僅僅只是提供對方所渴求的情報。

如果緋鞠的父親當初有多問一句「想知道摯友為什麼那樣做」的話，臨也大概會照實講吧。

那麼好友之間的衝突就能化解。這對臨也來講，也算是珍貴且唯美的一件事。

但是這並沒有發生。

這結果就是全部。

臨也任其發展，且享受著這份結局。

僅只尊重對方所選擇的道路，推了他一把。

做出選擇的是遙人的父親。

當然臨也知道，這在一般人眼裡是多麼邪惡的一件事。

雖然如此，臨也大概也不會放棄他的態度。

對他來講，無論是對自己抱持怨恨，還是待他有如信仰，他都會把這些當作愛的詞彙，欣然接受。

然後他對這個城市也一視同仁。

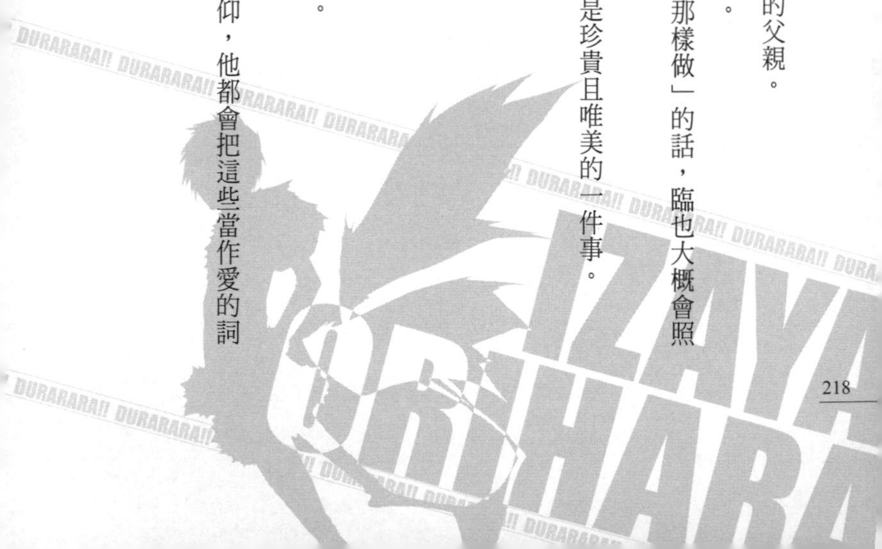

「坐先生，你認為……我還能回到那自由自在跑跳的每一天嗎？」

他突然這樣問起站在旁邊的坐。

坐瞪了臨也一眼後，開口說：

「如果臨也閣下如此期望，大概就能成真吧。醫生也這樣講過不是嗎？」

「……我說的是，會不會有一天，我會主動想再站起來跑跑跳跳。」

「鄙人不能妄下結論，且打從心底覺得無所謂。只是，你這樣視自己心情而決定的想法，對於沒有痊癒希望的人們而言，會被他們認為是對醫療的一種褻瀆。」

坐興致缺缺地苦笑著。臨也半自言自語般繼續說：

「怎麼說呢，我得治療的不是腳，說不定是腦袋方面的疾病。」

「哦，現在才發現啊？」

「不要這樣講啦。我也知道自己不太正常。但是，我停不下來啊。雖然我這次受的教訓才這點而已，但下次再亂來……我有預感，大概就沒命了。」

臨也一邊眺望著城景，想起故鄉東京都內的一個城市。

「真是諷刺。我有說過，我輸給像是怪物一樣的傢伙那件事吧？」

「嗯，聽說臨也閣下拿手的奸計全都被奉還，輸得很慘。」

「我不否認喔。諷刺的是，我是輸在那個怪物的人性上。」

話中帶著對於過去的緬懷，但是臉上既無憤怒也無微笑，只是面無表情。

「只要殺了我，那傢伙就真的變成怪物了。那對我來說就算是勝利。我被人們所愛的怪物所殺——本來是這個還算不錯的結局。但是卻沒有成真。因為明明就是個怪物，卻有著人類夥伴。那個人阻止了怪物。在那瞬間……我就輸了。」

表情似乎帶了點人性，臨也繼續說：

「我是因為沒去觀察那個怪物的人性面才輸的。」

「……」

「哎呀，講了些無聊的話。這跟我的身體能不能醫好，好像沒有關係呢。」

臨也笑容裡頭帶著自嘲。對此，坐思考了一下才開口：

「鄙人認為，如果臨也閣下的身體痊癒了，還是會做一樣的事情。」

「……說不定呢。」

「但是結果可能不會一樣。不過也得要臨也閣下能真正地面對人類。」

「坐先生真討厭耶，說得好像我從沒好好面對人類過。」

雖然臨也半開玩笑地這麼說，但坐對此並沒有任何回應。

臨也無奈地搖搖頭後，慢慢滑動輪椅。

然後，一邊眺望山麓上的巨大宅邸——阿多村家，一邊這麼說——

此時的他絲毫感受不到方才顯露出的「人性（脆弱）」，臉上浮現冷笑，冷得連周遭氣溫都瞬間降低似的。

「好，走吧。來眺望這座城市的結局吧。」

♀♂

警署　署長室

時間稍微倒轉。

「也就是說……阿多村那些傢伙把他們藏起來了對吧？」

「啊……不是，怎麼會，我認為他們應該不會這麼沒有遠見。」

署長一邊用手帕擦著汗水，一邊回答坐在待客用沙發上的喜代島宗則。

「那麼，為什麼還找不到小女？」

「如果您報案失蹤的話，我們可以出動協尋……」

「怎麼可能做這麼丟臉的事！喜代島家的女兒被阿多村家的孩子拐去私奔！這種事如果可以當作是綁架案受理，我馬上就報案。」

「這……這就有點……」

因為女兒失蹤，喜代島才會如此欠缺冷靜吧。

「……事實上也可能是阿多村家來硬的。他們有理由這麼做。表面上偽裝成私奔，其實綁架了菜菜。」

「理由是什麼呢？」

「……我要你保證不能說出去。」

「當……當然！」

看著慌張點頭的署長，喜代島宗則說道：

「阿多村家的礦山枯竭了。我也握有那個證據，剛剛才取得證實了。」

「什麼……」

署長面露驚訝，喜代島宗則無所畏懼地笑道：

「今天的『懇談會』致詞上，我打算在發言中稍微透露一點。真期待阿多村那邊會怎麼應對呢。如果他們能慌亂地輕舉妄動就好了。我就趁此改變勢力版圖。」

懇談會。

這是在市內最大的飯店「武野倉GRAND PLACE」的大宴會場中舉行，由都市更新計畫的關聯企業齊聚一席的派對。是一個月一次，可以交換情報的時候——但這次的懇談會因為都市更新計畫開跑三週年，比起平時舉辦的規模更加盛大。

或者說，區域報社或地方電視台這種等級的媒體都有可能在現場。喜代島宗則雖然沒有事前調查媒體是否到場，心想反倒是在場會更好。

——是很想直接公開「礦山已經枯竭」，但要是被問起證據來源就麻煩了。

喜代島宗則一邊思考著這些事情，在他心底又在想著另一件事。

「……話說回來，署長，有Orihara Izaya這個男人的消息嗎？」

「他好像潛匿在市區內……阿多村派似乎也拚命在找他，不過也是杳無音訊。」

「這樣啊。說到底，那傢伙可是『綁架我兒子的凶惡嫌犯』。為了城市的和平，務必早日除掉他。」

「嗯？」

署長滿臉疑惑。

「您不是說不報案嗎？」

「還有利用價值的話是沒錯。如果可以幫我除掉阿多村，又或是能夠利用的話。但說起來，區區情報商人有何價值？怎麼能放著這個可能知道我們私下勾當的人不管？畢竟他也可能為了錢就把我們的情報賣了。總不能讓他拿我兒子的事情來敲詐我吧。」

「這也是有可能。」

看著視線游移的署長，喜代島宗則說道：

「如果知道他在哪裡，馬上告訴我。我這邊找到的話也會跟你講。反正我打算在知道他的行蹤後就報案。」

「……這座城市又要增加『意外死亡』的案例了嗎？」

「……如果造成你的誤會可不行啊。就算記者們把『意外』寫成『刑案』，犯人大概也是阿多村的那些傢伙吧。你懂嗎？」

喜代島宗則慎重地提醒署長。

因為之前的各個「意外」，都是在前任署長任內發生。

雖然不知道這個新署長怎麼想，但先提醒他也沒壞處。畢竟這個男人早就是自己養的狗了。

「這是當然。意外這回事，人只要活著，難免都會遇到嘛。」

署長拿手帕擦拭臉頰，他陪笑回答的臉上混雜著膽怯。

看到署長這個樣子，喜代島宗則表情雖然沒有改變，心底早已露出滿足的竊笑。

他對署長撒了一個謊。

他早就知道Orihara Izaya的所在處。

雖然跟署長說「自己兒子是在眼睛被矇住的狀態下被抓走」，實際上已經掌握到，對方就住在今天舉辦懇談會的「武野倉GRAND PLACE」中。

——據堂馬所言，有位名叫Sozoro的老人像怪物一樣厲害……

——不過，上次是因為對手是暴走族的混混才會那樣，找專家來就沒問題了。

已經在飯店的公寓式套房所在樓層布置好監視人員。

等整到阿多村後，也可以趁Orihara Izaya出飯店，或是看準那個叫坐的男人不在房內的時候，趁機綁架他。

也下過指示，就算不如預期，只要有逃跑的舉動可能就先拿下人。

如果沒辦法將他帶離酒店，到時候就利用警察。只要讓堂馬作證，指控那個叫Sozoro的老人在夜店裡縱火就行了。那個老人應該不會傻到想跟警察作對。

如此計畫的喜代島宗則在心中一陣嗤笑，然後慢慢從沙發上起身：

「那麼，該走了。接下來，阿多村那傢伙的表情會很精彩。」

對於名喚Orihara Izaya的這個情報商人，喜代島宗則給予優秀的評價。

但僅只如此。

能掌握到阿多村家的礦山實情確實有一套，但是接下來，他不會想重用這麼一個單獨行動且飄渺不定的男子。

一想到那優秀的身手可能轉向對付自身派閥，早點除掉會比較好。

只是個優秀的情報商人，自己沒有理由怕他。

喜代島是這麼想的。

他心想，情報商人大概就是個鬼鬼祟祟地躲藏起來，用電腦入侵他人電腦，竊取資料的小偷吧。

正因為如此，他要堂堂正正地前往「武野倉GRAND PLACE」。

走向那位於高處的公寓式套房，來歷不名的「情報商人」的所在之處。

♀♂

夕陽時分　阿多村家

「已經知道折原臨也在哪裡了。」

「終於啊。」

聽到磯坂的報告，阿多村龍二開心地抬起頭來。

雖然龍二接到那通折原臨也的電話後，交換了「不少情報」，但臨也這個男人意外謹慎，沒有輕率地直接跟龍二碰過面。

但是，隨著交換情報的進行，他就益發覺得折原臨也這個人很危險。

「那傢伙知道的太多了。哪天跑來勒索我們都不奇怪。」

「也可以等他來勒索時，再把他交給警方。」

「你是要我欠警方一個人情？現在的署長可是對喜代島宗則獻殷勤的牆頭草。比起這件事，臨也那傢伙在哪裡？」

龍二不採納磯坂的建議，只是催促那個最重要的報告。

「關於這個，有點不太妙。」

「不太妙？」

「嗯，他在『武野倉GRAND PLACE』的公寓式套房。」

「什麼？簡直就是城裡最顯眼的地方嘛！」

龍二懷疑自己是不是聽錯。磯坂平淡地繼續說：

「嗯，在東京的報告中說他『喜歡高處』，但沒想藏身處也會選在高處。」

「……等等喔。『武野倉GRAND PLACE』……今天老爸不是會去嗎？」

「是的，『懇談會』也差不多要開始了。因為今天是週年紀念，喜代島宗則應該也會出席。」

「所以是這點『不太妙』嘍？Sozoro那個老頭，該不會對老爸做些什麼吧？」

龍二雖然對父親有不少成見，但除去感情面，他的盤算是「現在如果沒有老爸會很麻煩」。

因此，若他輕易被第三者給怎麼樣的話就頭痛了。雖然不覺得在懇談會這種眾多仕紳聚集處會遭到襲擊，但根據磯坂和聶可的報告，也不能斷定絕對不會發生。

然後，磯坂說了句更讓龍二不安的話：

「不，不妙的是另外一件事。」

「你說什麼？」

「從公寓式套房樓層到酒店周圍，好像有不少跟喜代島宗則有關係的人。」

「……啊？」

喜代島宗則配置的人員，本意是在監視臨也，看情形甚至進行綁架。但是就阿多村眾人的角度來看，他們會解讀成完全不同的意思。

「果然，真的跟喜代島聯手了。如果只是保鑣那還好，要是那些人是派來襲擊老爸的話……」

「我不認為喜代島宗則會這麼笨。」

「敢反抗我們阿多村家，這件事本身就很蠢了。」

龍二這句話不是諷刺，似乎是認真的——

雖然龍二的話讓磯坂有這樣的感覺，但他心中想的是「反正阿多村改朝換代的話，也就完了」。但他隱忍住這想法，點頭附和：「你說得正是。」

「讓臼原過去那間酒店吧……不過那傢伙太過顯眼，大概進不去懇談會的會場，先讓他在停車場待命。」

龍二一邊下達指示，想著自己該怎麼做才好。此時有人叫住他。

「那個，龍二少爺。」

回頭一看，面前站著一名女傭。

「啊……妳是叫作新村還新山？」

「是新山。我叫新山薊。」

女傭稍稍行了個禮。

「有什麼事？我們現在很忙。」

幫傭們平常並不會跟他搭話，龍二因此感到困惑。

薊看著龍二，露出不安的表情，語氣半帶著顫抖說：

「其實……和久少爺有打電話給我，跟我聯絡過。」

「……和久？為什麼他會找妳這個傭人？」

龍二皺著眉頭。薊回道：

「嗯……自從和久少爺住進來後，都是由我照料，所以……我想因為這樣才深受和久少爺信賴……」

薊害怕得不敢抬起頭來。這態度就像在表示，自己接下來將背叛這份信賴。

「因為他跟喜代島家的小姐一起躲起來，所以要我從他房裡帶幾件衣服……還有銀行存摺和印章到他們的躲藏地方……」

「……妳背叛他是對的。這該誇獎妳。」

「是……是的。」

龍二浮現猥瑣的笑容，幫傭就像受到驚嚇一般低著頭。

「所以呢？他們躲藏的地方在哪邊？」

「武野倉山的舊坑道。似乎打算從那裡伺機逃出市外。」

在那之後，龍二為了直接到現場捕抓弟弟，決定叫來幾個富津久會的人。他依舊讓

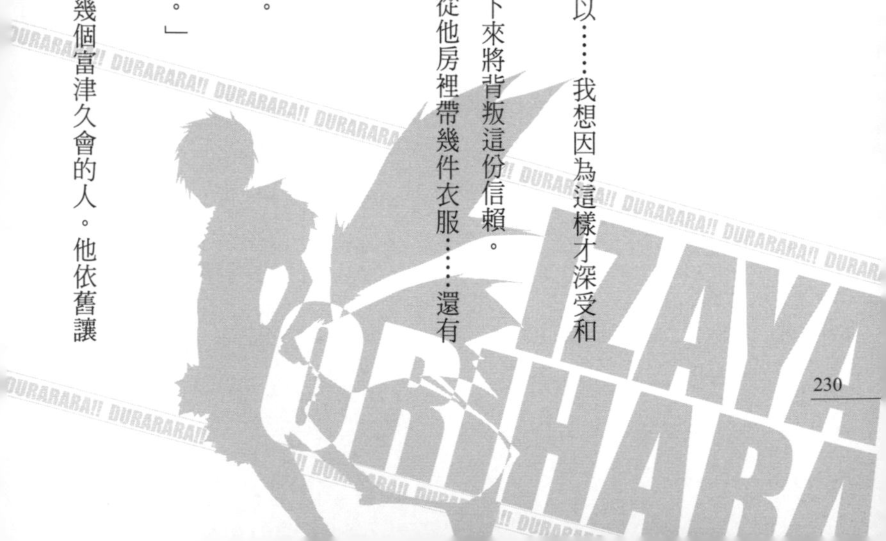

臼原前往酒店。會這樣分配，是因為他覺得自己一個人也可以拿下他弟弟。

磯坂對正要準備出門的龍二搭話：

「請小心。走投無路的人，不知道會做出什麼事來。」

「你是說老鼠會咬貓？不巧的是，我不是貓而是龍。把那個小三生的老鼠放把火燒了，一切就搞定。」

「……」

磯坂沒有回應。龍二看了他一眼，突問起一件在意的事：

「那個哥德蘿莉女怎麼了？名字是叫稻荷壽司？」

「被本人聽到，會被她殺了喔。」

「那我就反擊啊。那個看起來就很無趣的女人，不知道在她面前摔破她的電腦，會是什麼表情啊？」

磯坂冷冷看著放聲大笑的龍二，然後平淡回答他的問題：

「她現在在忙別的工作……是甚五郎老爺交代的。」

「老爸的……？隨便。反正只要幹掉臨也，你們的工作也就結束了。」

就龍二而言，其實是想儘早結束跟「Candiru」的合作工作。

他們確實相當有能力，雖然感覺差了「折原臨也」一點，但重點是一天要付給他們不少薪水。

對於吃錢怪獸，就得在最短時間內做出最有效的利用。

這是龍二心中的想法，所以才口頭上告知契約即將終止，接著就跟富津久會的成員走出宅邸。

剩下來的磯坂回到自己的車上，一邊發動引擎一邊拿出手機，撥了通不知打向哪裡的電話。

「……喂？是社長嗎？……嗯，工作平安結束，去接聶可就離開市區。」

他向唯一一個上司報告後，苦笑著說道：

「嗯，他沒要我一起跟去舊坑道，真是太幸運了。」

「因為，我還不想死呢。」

♀♂

刃金市內　網路咖啡店

「呼呼呵呵～哈哈哈呼呼～」

刃金市雖然是在武野倉市的隔壁，但幾乎毫無來往。

在那城裡一角的網路咖啡店的包廂內，聶可小聲地哼著歌操作電腦。

看著畫面裡跳躍而出的許多情報，她滿足地笑盈盈點頭：

「太好了啊～準備趕上了～」

「接著就等本人下定決心了呢～嘻嘻，好期待呢～」

♀♂

武野倉GRAND PLACE　地下停車場

在酒店下方，寬敞的地下停車場。

因為提供鬧區或周遭的酒店一同使用，所以本體建築三層樓的空間都很廣大，各層可以停數百輛車。

在這裡面的一角，臨也一行人和佐佐崎進行會面。

「……這是我所能交付的最後一項情報。你確認一下。」

佐佐崎警戒四周無人，將一片ＳＤ記憶卡交給臨也。

「說真的，這件事我冒了挺大的風險。把案件資料拿出來交給人，被知道了可不只是丟了工作……搞不好要進去蹲監獄。」

「反正你都要遠走高飛了吧。」

「嗯，也是啦……但是，你要這個做什麼？那麼久以前的案件資料……」

「有很多用途喔。不過，你如果不再多問，就算是幫了我的忙了，相對的我也會多給你一些。」

一邊講著，臨也將幾包厚實的信封袋交給佐佐崎。在臨也背後還有兩名小孩和一名老人，看來是對這事情沒興趣，並未加入對話。

佐佐崎看了一下信封袋裡頭，目測金額約有數百萬。

「嘿嘿……謝啦。」

雖然這金額不足以讓他願意斷送前途，不過再不逃的話，真的會有生命危險。

佐佐崎將信封袋收進懷裡，正當他要轉身離開時——

他看見停車場入口停著一輛大型廂型車，不加思索便躲到一旁的柱子後頭。

「怎麼了？」

佐佐崎鐵青著臉，回答臨也的這個疑問：

「那……那輛廂型車……我有印象。」

屏住氣息偷偷一瞧，那輛廂型車上探出一名巨漢的臉龐。

「哎呀，真誇張……比我認識的俄國人還高出一兩個頭呢。」

聽到臨也這句悠哉的話，佐佐崎表示：

「好啦，快點躲起來！他是富津久會的臼原！」

看來因為距離尚遠，並未察覺到他們。佐佐崎心懷慶幸，低聲要臨也躲起來。他背後的男孩開心地推起輪椅，所有人就這樣一起躲在柱子之後。

「我有聽過他的傳言喔。是叫作『領主大人的馴鯨』吧？」

「嗯，那傢伙很恐怖，是個可以把自動販賣機舉起來的怪物。」

「……自動販賣機？」

臨也聽到這個單字後頓住。

佐佐崎看到他這個樣子，皺著眉頭，心想這男人還真難得會有這種反應。

——是啊，一般來講，這種事是挺難以置信的。

他自己找個理由說服完後，臨也面帶緊張地問：

「可以舉起自動販賣機……是可以丟多遠？」

「咦？」

「所以說，從那邊那個距離的話，你覺得他扔得到我們這邊嗎？」

「不不不，怎麼可能扔得到我們這裡！頂多就在原地而已啦！」

佐佐崎的口氣，彷彿覺得男人在胡言亂語。

於是臨也安心地嘀咕著說：

「太好了……還在人類範圍內。」

「？」

「不，我個人的心理陰影啦。請別在意。」

這要怎麼不在意啊——雖然這麼想，但現在佐佐崎只在乎臼原，於是他望向四周。

臼原正跨出腳步，走向通往酒店內部的入口。也就是說，從方位上來看，他正走向佐佐崎等人這邊。

——這下糟了。是來找折原臨也的嗎？如果是這樣，被看見跟他們在一起的我不就……糟……了？

佐佐崎想到這才發現一件事。

那就是，從別的方向也有數十名男子正在靠近他們。

——富津久會……？

——不，不對，給人的感覺不太對。

——那些傢伙是什麼人……？

在他的疑問得到解答之前，男子們已經包圍了他們。

「是折原臨也對吧？」

「不對喔，我是奈倉，就像是隱姓埋名的水戶黃門。」

「你在耍我嗎？」

「我很認真喔。我只是在強調我有如水戶黃門一般無害……不過，看來行不通。」

隨即，其中一名男子的目光停留在反方向走過過來的臼原身上。

「臼原……？」

臨也像算準了這個時機般，大聲呼喊：

「臼原大哥！太好了太好了！在這邊啦！這邊！」

周圍的人們全都瞪大雙眼，臨也和臼原正互相對視著。

——這個笨蛋，在幹嘛？

佐佐崎驚訝地看著臨也——此時他發現到一件事。

——……咦？

——那兩個小孩去哪兒了？

男孩與女孩不知何時便消失無蹤。

佐佐崎再找看看四周，看到那兩個孩子躲在一旁的柱子陰影處窺視著——

然後他們握緊手上小型滅火器的握把，噴了不明集團與臼原一身白色粉末。

「！」

「唔啊啊！」「你這……什……可惡！」「眼睛！眼睛啊！咳咳……」

臼原以手遮住眼睛，而包圍住臨也等人的男子們被噴到眼睛和喉嚨，痛苦掙扎著。

就在此時，臨也大喊：

「啊哈哈哈！該不會以為我會單獨行動？以為我沒有後援，如同一匹孤狼？臼原大哥！你看這樣好不好笑？」

坐早已推著臨也的輪椅，移動到不會吸入滅火器粉塵的地方。

佐佐崎發現一件事。

剛才臨也大喊內容的含意。

從臼原的角度來看，大概會以為是對自己的挑釁。應該也沒發現，在他之後出現的不明男子們也被滅火器弄得一身乾粉。

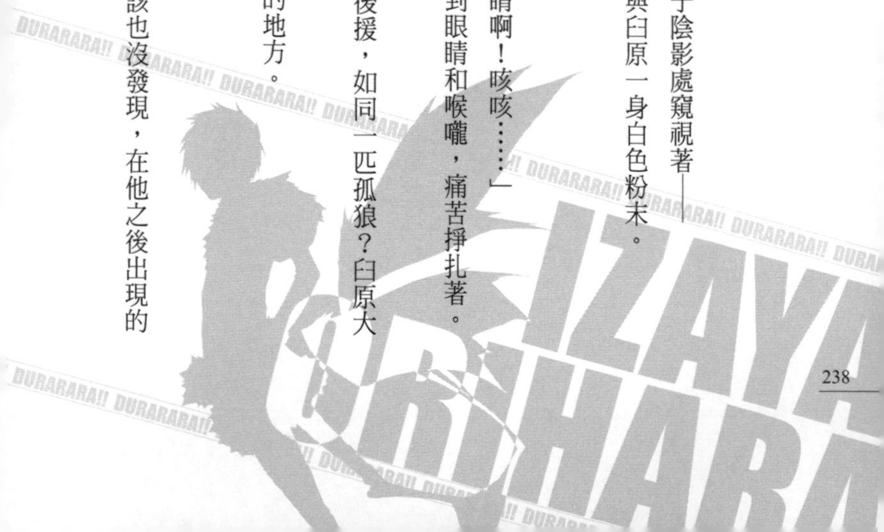

另一方面，從不明男子們的角度來看，這句話聽來就像臨也早跟臼原相識，正對著男子們挑釁。

然後，事態就這麼簡單地控制在臨也的掌心。

「你這傢伙……在哪裡——！」

看來總算恢復了視力，一名男子用手撥開粉塵往前走。

隨即，在白煙之中伸出一隻巨掌，抓住男子的頭。

「臼，臼……原啊啊啊！」

男子就這樣被單手扔出去，撞上數名同夥摔到地上。

「可惡！支援，快叫支援！」

「是富津久會！富津久會的人竟敢動手！」

「殺了他！對手只有臼原一個！圍上去，圍上去！」

男子們慢慢地恢復視線，放聲怒吼。

「————」

臼原發出有如野獸般的嘶吼，接著抓住別的男子的頭「扔出去」。

在情況越演越烈之中，罪魁禍首的臨也一行人趕緊搭上停車場裡的電梯。

與正打算離開現場的佐佐崎四目相對。

坐在輪椅上的男子露出爽朗的笑容，朝佐佐崎緩緩地揮了揮手。

——啊啊啊啊啊！糟糕了糟糕了糟糕了糟糕了！

佐佐崎就連罵幾聲髒話的時間都沒有，慌張地奔向出口。

路上經過臼原搭乘的廂型車，駕駛座上像是富津久會的男子，鐵青著臉不知道在跟誰通電話。

想必在呼叫支援吧。

——可惡！完了！結束了！

這或許只是單純的巧合。

也或許早在臨也的計畫之中。

那個滅火器，是他事先跟那兩個小孩說好的嗎？又或者是男孩與女孩自己隨機應變的嗎？

只是，這對佐佐崎來說都無所謂了。

——只剩下跑路一途了。

不要說被警方追捕，才沒有這麼簡單。

因為黑幫衝突的導火線，已經在這個地方簡簡單單地被點燃了。

♀♂

武野倉GRAND PLACE　電梯內

「那麼……」

臨也將ＳＤ記憶卡內的情報放到筆電，藉由無線網路傳送出去。

在傳送結束的同時，電梯門開啟，呈現在一行人眼前的，是通往宴會會場的路。

「也送出最後的情報給想要的人了……我的工作到此為止了。」

令遙人和緋鞠兩人推著輪椅，臨也對走在一旁的坐開口說：

「我終於可以休息了呢。接下來就讓我好好觀摩吧。」

「……您是說，觀摩他人走向毀滅嗎？」

看著坐眯起眼，面無表情地詢問，臨也一陣乾笑後，搖了搖頭：

「誰知道呢。雖然這城市『現在的樣貌將不再』，人的話就不清楚嘍。我呢，只是給了大家所期望的情報而已。」

「……」

「情報就跟利刃一樣。要怎麼使用，都是人類自己決定用途的。」

臨也聳聳肩，坐依舊面無表情地說：

「臨也閣下可能沒有察覺，您口中的利刃就等同是把妖刀。」

「是什麼意思呢？」

「那不是常人所能反抗的東西。把詛咒當作商品售出，再來說這東西是『由自己決定用途』。依鄙人拙見，這似乎有點強詞奪理。您就小心點，別遭到詛咒反噬。」

聽到老人的忠告，臨也思考片刻後——

臉上顯露著些許孤寂，開口說道：

「也不錯啊。如果那些詛咒是人們所產生的的話，我就算遭此刃貫穿心臟，大概也會愛著那把利刃。不過，前提是坐先生不願來救我就是了。」

這不是逞強或是自我陶醉，坐清楚他說的這句話是認真的。

正因如此，他以拿錢辦事的保鑣身分，回了一句毫無虛假的話：

「請不要忘記。如果契約截止，鄙人會馬上轉化成一把受詛咒的利刃。」

♀♂

舊坑道

「……就是前面吧。」

阿多村龍二站在舊坑道前低語著。

這扇掛著禁止進入招牌的鐵欄，門上的小鎖頭早已遭人破壞。

繼續走進去裡面，應該是礦工們休息的區域。和久與菜菜大概就在那裡。

使用礦坑木加強結構的古老坑道。

大概是為了讓車輛也能開進來，就坑道來說挖得相當寬敞。類似礦車用的軌道，沿著路面延展而開。

走在這坑道裡約十分鐘左右，龍二察覺氣氛不對勁而停下腳步。

「……喂，外面好像有什麼聲音傳進來？」

停下腳步後，的確從入口方向傳來些許聲響。

好像是誰正在朝著他們這邊前進。

「……」

仔細一瞧，無數的手電筒亮光正朝他們這邊過來。

像是正在呼喊著什麼一般，衝了過來。

「什麼……？」

雖然心想可能是富津久會的支援到了，但他馬上就知道錯了。

他們將手電筒照向對方後，對方高聲怒吼。

聽到這個聲音，馬上發現對方的身分。

「堂馬……？」

隨著雙方距離縮短，各自手上的手電筒都照清對方的臉龐。

看來，喜代島堂馬帶著翁華聯合成員來到這裡了。

「你們這些傢伙！為什麼會在這裡！」

聽到堂馬的喊叫，龍二喊了回去：

「我才要問你呢！」

「嘖……那麼，果然就是你們綁架菜菜的嗎？」

「啊？」

面對比自己年長的龍二的故作聲勢，堂馬不服輸地瞪回去。

「別裝傻了！菜菜好不容易才發給我一封簡訊……雖然寫著她要私奔，多虧那傢伙開啟手機電源才知道她的位置……然後，才發現位置是在這坑道前！」

堂馬利用家庭ＧＰＳ定位ＡＰＰ發現手機位置在這礦山周圍，猜想妹妹就在礦山某處，所以派了翁華聯合盯哨。

「然後就發現你們這群敗類……你們這些傢伙，想對我妹妹做什麼？啊？」

「吵死了……我們只是來教訓一下被你那水性楊花的妹妹給拐走的垃圾。說起來，也是可以連你們都一起拖去埋喔。」

「有膽試看看啊……你這個混帳。」

看來是談不下去了。

一觸即發的氣氛中，你來我往的對話漸漸變少。

然後，就在坑道內的氣氛即將凍僵之際——

坑道入口和深處，同時傳來響亮的爆炸聲。

大宴會廳

♀♂

『那麼接下來……有請阿多村集團會長，阿多村甚五郎先生為我們致詞。』

配合著司儀的的發言，阿多村甚五郎走向台上。

強而有力的步伐，簡直讓人感覺不出他的年齡，醞釀出一副城市統治者般的氣息。

——哼，要虛張聲勢就趁現在吧。

喜代島宗則在會場的一角，虛應了事地拍著手，冰冷的視線遠望著講台。

在這之後，他將在演講中透露一些有關阿多村家的礦坑的祕密。

這樣的話，會場中嗅覺靈敏一點的大概都會發現吧。

之後只要慢慢地散播證據就行了。

喜代島宗則在心中竊笑，想像著阿多村甚五郎一臉驚慌失措的樣子。

『那麼，現在都市更新計畫能夠走下去，首先我要感謝這座城市的居民，與為我們這座城市帶來新風貌的各位政治家。』

——淨講些言不由衷的話。

喜代島宗則心想，反正這是對方最後一次的演講，一邊在心中謾罵著，一邊聽阿多村接下來要說什麼。

隨即，他在視線一角看見一個蠢動的黑影。

往那邊看過去，映入眼簾的是坐在輪椅上的黑衣男子，帶著老人與小孩待在會場的角落。

——……？

沒見過這個人。

喜代島宗則這麼想。

——輪椅？

——不……不會吧。

根據他兒子堂馬的情報，名叫Orihara Izaya的男子也是坐在輪椅上；旁邊站著一名老人也是共通點。

但是，為何會在這裡？沒有人給他介紹信的話，應該進不來。

是誰介紹他來的？

他真的就是Orihara Izaya嗎？

喜代島宗則的腦海不斷閃過疑問，在他耳邊響起阿多村甚五郎嚴肅的聲音。

『接下來，我想向各位鄭重宣布一件事。』

——？

要鄭重宣布什麼？

正當喜代島宗則感到驚訝，想像著內容時——

阿多村甚五郎說出解答。

『武野倉礦山將於今日起關閉。』

——……什麼？

一時間不能理解他在講些什麼。

那些參加懇談會的人們也一樣，聽到這突然的宣言後，開始鼓譟起來。

『因為礦產枯竭，收益降低。雖然對礦山都市發跡的歷史將在此畫下句點感到遺憾，但是藉由都市更新，我們將踏出新歷史的第一步——』

演講依舊進行著，但完全進不去喜代島的耳裡。

喜代島感覺全身的毛細孔滲出冷汗。

——怎麼可能……為何……為何在這個時間點上！

遠遠看著喜代島陷入混亂，臨也滿足地點點頭。

「哎呀，這表情真好。是充滿人性的表情，太漂亮了。」

「……也就是說，如您所料嘍？」

聽到坐的這一句話，臨也笑著搖搖頭：

「怎麼會！出乎意料啊！完全沒想到會變成這樣！」

然後，看著講台上的阿多村甚五郎，送給他一句坦率的褒獎：

「不愧是白手起家的人，就是不一樣。」

浮現在臨也腦海裡的，是過去的回憶。

就在幾天前——對方打到他的手機來，那通電話的對話內容。

♀♂

幾天前　旅館「武野倉GRAND PLACE」公寓式套房

『你是折原臨也吧？』

接到這通突然的電話，聽到對方的聲音，臨也伴隨著驚訝，微微一笑：

「您是哪位——若是這樣問就挺沒禮貌的呢。這聲音就跟電視新聞或企業廣告上一模一樣。」

在此他暫且停下話語，臨也將自己坐在輪椅上的姿態與心態擺正後說：

「……能這樣跟『領主大人』您對話，真是榮幸。」

對臨也來說，挺意外對方會打這支手機號碼過來。

這也就是說，對方擁有比臨也更高的情報收集能力。

然後，情報來源很乾脆地從甚五郎的口中托出：

『慎重起見重新調查，便發現礦山資源枯竭的情報有外洩的跡象。追究負責人，徹底查清情報的流向，就這樣追到這支手機號碼上而已。』

「一開始那句『你是臨原哲也吧』，只是在試探嗎？」

『用點手段調查這個號碼登記的名字，發現是個連地下錢莊都列入黑名單的傢伙。因此推測這號碼只是個人頭號碼。』

甚五郎平淡地解說來龍去脈，臨也全身因喜悅而顫抖著說：

「原來如此……那麼要拿我這知道礦山祕密的人怎麼辦？解決掉我嗎？」

『你大概早就把訊息給喜代島宗則之類的人了吧？事到如今解決掉你也沒意義。雖然我一開始有想過要拉攏你，但你這傢伙比我想像中更加愚蠢。因此我個人判斷不需要跟你有所牽扯。』

「你不恨我嗎？」

『恨你又沒賺頭，徒勞無功罷了。不過，看來龍二得知後會恨你吧。不對，他就算不知道也會想辦法解決掉你。因為那傢伙太膽小了，多半以為你日後會勒索他。』

話說至此，甚五郎頓了一下，改變話題：

『你老實講，這城市要完了嗎？』

「領主大人」問得相當直接——臨也滿臉愉悅地回答阿多村甚五郎的問題：

「怎麼說呢，我想就看各位用心與努力的程度了。」

『所以，至少就是「阿多村家與喜代島家的城市」要完了吧。因為城裡沒有一個傢伙有去用心或努力想維持這個平衡。』

「不是有您在嗎？」

『與其在這種情況下幫周遭的人收拾殘局，倒不如重新發展還來得有價值。先把錢藏起來，隱居一陣子吧。我是打算等風波過了再重新開始。』

聽到甚五郎神清氣爽地說完這段「自己才最重要」的發言，臨也反而對他抱持好感，進而問道：

「所以呢？要丟下領地不管的『領主大人』找我有何貴幹呢？」

隨即，阿多村以像在詢問明天的天氣般的口吻說道：

『你知道殺死龍一的凶手是誰嗎？』

然後，臨也同樣用回答明天的天氣般的口吻答道：

「嗯，我知道喔，『有問過本人』了。」

『……和久嗎？』

「可惜，猜錯了。想知道後續，得付我相對的報酬。」

『這樣啊。那麼，接下來就只是我的自言自語。』

甚五郎把這話先說在前頭，沉著地聊起他死去不久的兒子。

『龍一欠我的，他一輩子都還不了。雖然我認為他會被殺也是因為這些債……但是能想到的人太多了。而且正常來說，我和喜代島也會是尋仇的對象吧。』

「如果你可以說明他欠你什麼的話，我可以告訴你誰是犯人喔。」

『……這我辦不到。不是因為親情。幫他隱瞞這件事，就是他欠我的債。提示是可以給，但直接講出來會降低我的身價——就算是早已瞞不住的事。我自己也覺得這種想法很無聊就是了。』

聽到甚五郎的這番話，臨也一臉滿足地點點頭：

「不會，真是很富有人味的答案。我很滿意。」

隨即，甚五郎以他所調查出來的臨也的天性來思考，開口說出一句諷刺的話：

『……就算我怎麼回答，你都會這樣講吧？』

♀♂

回到現在　大宴會場

阿多村甚五郎走下台，看見折原臨也的身影便走了過來。

雖然有許許多多開發案相關人士想跟他講話，但他全都不理睬，只是一味地走近折原臨也身邊。

「您好您好，感謝您邀請我來參加。還有初次見面請多指教，甚五郎先生。」

「我還以為你不會這麼老實地就來參加呢。你沒想過可能會有人殺你嗎？」

「我剛剛就差點被殺了。並不是您的人，我想是那邊瞪著我們的那個人的手下。」

瞥過去一眼，便看見喜代島氣得直發抖，臉色青紅不定。

阿多村甚五郎只說句「這樣啊」，便不感興趣地把視線從喜代島身上移開。

對將要放棄這座城市的甚五郎而言，喜代島早已無關緊要。

不如說，他現在的興趣都在臨也身上。他毫不在乎是在眾目睽睽之下，大膽發問：

「你的背後是誰，是什麼立場，我也做了不少推測。只是有一點不懂。一開始是誰叫你來這城市的？既不是我也不是喜代島宗則，應該是有人給了你第一個情報。」

「抱歉，我不能透漏委託人與情報來源。」

「這樣啊，那麼和久現在……」

臨也搖頭拒絕。甚五郎雖然打算追問和久跟菜菜的事，但是——

宇田川不知何時進到會場，快步走近甚五郎身旁，在他耳邊竊語著。

甚五郎聽完後，眼睛瞇了起來：

「……你說礦山發生爆炸？」

宇田川接下來說的事實，就像是雪上加霜一般。

「龍二少爺與和久少爺，我們幫裡的人和翁華聯合似乎都在裡面。」

坐在輪椅上聽到這則報告的臨也，低語著「這發展真意外」，眼裡顯露著光芒。

然後，正當他要開口之時——

會場的一角傳出悲鳴。

以臨也為首，全部的人都望向該處，那裡有一張熟悉的面孔。

無論對折原臨也還是阿多村甚五郎，或是遙人或緋鞠來說，都是他們熟悉的面孔。

看到這一刻，兩個孩子各自說出感想。

「……我就說嘛……」

緋鞠一臉憐憫地看著那個人。遙人則像是突然想起來般揚聲說：

「啊！是公園那個姊姊！」

遙人手指過去的方向是——

用刀抵住喜代島脖子的新山蓟。

鬧區

♀♂

「這是什麼啊？」

越野眼睛睜得老大，看著眼前的光景。

就像襯托著落日一般，城裡四處都在燃燒著烈火。

從幫裡部下的口裡接到「佐佐崎超級慌張地逃了」的報告，還在充滿疑惑時——緊接著從別的部下口中接到另一個令他更加震驚的報告。

「城裡……城裡到處都著火了！」

「你說什麼！」

「而且……阿多村先生的宅邸、喜代島的家裡、翁華聯合的聚會場所、礦山的工作區都冒起濃煙！」

「現在是怎樣！」

跑上頂樓，他親眼看到數個地方冒著濃煙。

並且，不時聽到像是爆炸的聲響。

正當他腦袋一片混亂時，部下又傳來一份報告。

「網路上講的可糟糕了……四處都在瘋傳武野倉即將關礦！」

「城裡的討論區與社群網站上都在洗板……」

越野慌慌張張地拿起智慧型手機，確實有大量情報在網路上四處瘋傳。

就像是有人刻意在操作。

「是謠言嗎？」

「上面寫是懇談會上公布的訊息，但不知道是不是真的……」

越野想到自己是富津久會的一員，冒著冷汗自言自語說：

「糟了……這城市……要完了……」

♀♂

大宴會場

「是你呀，薊。」

阿多村甚五郎以平靜的語氣說道。

「還真是冷靜呢，老爺。不，阿多村甚五郎。」

豪不在意驚慌失措的賓客，薊和甚五郎相隔五公尺對峙著。

一旁的臨也對遙人說「靠近到能看清楚雙方的位置吧」，遙人開心回答「好的！臨也哥！」後推起輪椅。這副情景極為不真實。

薊用刀脅迫著喜代島，將他硬是帶至牆角，用憎恨的眼神看著甚五郎。

看著這樣的薊，甚五郎依舊直截了當地問道：

「是妳……殺了龍一嗎？」

「嗯，是啊。」

薊非常坦率地承認罪行。

雖然眼裡充滿憤怒，但絲毫令人感受不到後悔或懺悔。

臨也移動到能看清兩人的位置，而薊瞥了臨也一眼，道了聲謝：

「謝謝你，臨也先生。多虧您給我的情報，很多事情都想通了。」

「那就好。」

「但是呢，你還是快點逃離會比較好。」

薊用沒有持刀的那隻手將掛在自己肩上的背包倒過來，散落出無數的炸藥。

那是武野倉礦山用來爆破的炸藥。

其中一個，裝著像是引爆裝置的東西。

「喂喂，這麼危險的東西，別拿出來啊。」

想到自己公司的安全控管居然如此低落，甚五郎只能苦笑以對。雖然心想這是因為硬要隱瞞礦山枯竭所導致的安全漏洞，總之這讓他了解到一件事。

看到該女性拿出像是引爆控制器一般的東西，甚五郎開口說：

「依照那些量，在這裡引爆的話，無論是我還是妳，或是那個垃圾都會死喔。」

「嗯，沒錯。我是無所謂。」

眼裡充滿黑暗的火焰，薊口氣顯得斬釘截鐵：

「如果能對殺了我妹妹的『這座城市』報仇，我的性命算便宜了。」

♀♂

如果要說這是一齣單純復仇戲碼，那的確如此。

新山薊有個妹妹。

因為雙親早逝，各自被人領養。

薊暗中守護著那個寄養在武野倉市的女孩。

妹妹健健康康地長大，但某日，終結突然到臨。

因為才十六歲的妹妹，被人發現陳屍在外。

遺體看起來很明顯就是他殺。

但是警察判斷為自殺。

儘管嘴裡塞著傳單，喉嚨被美工刀刺了十三刀，武野倉警察署依舊判斷為自殺，結束偵查。

這件事顯然就很可疑，城裡的人們卻沒有一個人深究。妹妹的養父母雖然一開始有到警署控訴，但漸漸受到四周的壓力，最後只得離開這座城市。

就連當時才十七歲的薊，也能理解到這件事的疑點。

她雖然和妹妹的養父母一起去發傳單抗議，還記得當時城裡的氛圍，完全就像在訴說「別做些多餘的事」。

聳立在想探求事件真相的她的面前，就是「城市」這堵高牆。

但她依舊私下祕密進行調查。

在事件已屆十年的此時，她才知道營造出當初那股氛圍的是阿多村家與喜代島家這兩大權勢家族。

雖然在這市內依舊有許多疑點重重的死亡事件，但是她知道，這大多被當作自殺或是意外結案。從試圖探究都市內情的記者之死來說，居民心底都明白，也謠傳著這大概是喜代島或是阿多村其中一方下的手。

也就是說，妹妹的死是不是也跟這兩個家族有關？

抱持這個想法，薊為了接近這兩家，下了許多功夫隱藏自己的身分。

結果她成功混進阿多村家當女傭，然後想辦法接近核心。

之後她終於得知了真相。

龍一沉溺於毒品，神志不清下，試圖對在宅邸內工作的薊伸出狼爪。薊拚命掙脫，龍一看著試圖逃跑的薊，雙眼呆滯地開口這麼說——

——「喔喔喔喔，妳這傢伙，妳嘴裡也想被塞滿傳單嗎？」

妳嘴裡也想被塞滿傳單嗎？

薊的腦海裡浮現妹妹的面容。

只有親人才知道的，警察未曾公開的遺體狀態。

然後她找到一個對龍一抱持怨恨的「幫手」——決定試一試。

經過數日的監禁後，她在阿多村龍一的耳邊低聲說道。

我就是你殺死的那個女孩的姊姊。

於是他產生劇烈的反應。

看著龍一臉色漸漸發白，她確定就是這個人了。

由對方說出真相，接著在網路上公開，然後交由警方——

她是和「幫手」這麼約定好的。

只是，薊早已在她確定對方就是凶手之時便失去理性了。

本來準備用來威脅的美工刀，當她回過神時，已經不再是威脅用的工具，而是殺人凶器。

之後，趕到現場的「幫手」起初雖然心有畏懼——但之後脫口說要「布置成自殺的樣子」，於是讓龍一握著美工刀，從大樓上丟下龍一的遺體。

諷刺的是，這與薊的妹妹當初的遺體狀態非常相似。

被判斷為自殺的妹妹的遺體。

但是，她的鬱悶依舊沒有消散。

到底是還欠缺什麼？自己的憤怒為何沒有消退？

沒有感到罪惡感。但是，也沒有對復仇感到滿足。

當她心中依舊焦躁之時——薊遇見名叫Orihara Izaya的奇妙男子。

一個誇下海口能掌握他人每一個把柄，縈繞著不可思議氛圍的情報商人。

第二次見到情報商人——在拿到手機的時候，她得知那個情報商人正在調查阿多村龍一的案件。而且從臨也的語調看來，他不是對自己，而是對「幫手」起了疑心。

經過深思後，她這麼說：

『我想知道喜代島和阿多村兩家的把柄。可以的話，希望是十年前那個案件的相關資料。』

相對的，她坦承自己就是這個案件的犯人。

她覺得這件事情曝光也無所謂。

心想，這樣還能上演一場盛大的逮捕劇場。

就算被阿多村家知道她就是兇手，因此遭受凌虐而死，她也早已拜託「幫手」公開她的遺書。

反正本來就一無所有。如果依舊毫無進展，她就去自首做個了結。

只是若是還有什麼內情——她就想繼續執行她的「復仇」。

現實是殘酷的。

據臨也所言，當初這個案件，似乎是喜代島家與阿多村家雙方刻意掩蓋。

果然這件事就是當初吸毒的阿多村龍一所為。他意圖侵犯喜代島堂馬的妹妹菜菜，之後一陣互毆，堂馬雖然趕走了龍一——但在歸途上，他看到偶然經過的薊的妹妹。

龍一出手襲擊，但受到出乎意料的抵抗，所以錯手殺了對方。

對薊來講，妹妹遺體上只有刀傷，是她僅存的慰藉。但她心裡的復仇對象，是所有跟喜代島與阿多村有關——不，是更加龐大的事物。

然後，就在剛才，臨也把資料傳送到她的手機上。

這是引燃她殉身報仇的導火線。

當初被埋藏起來的偵查資料。

負責刑警的筆記，以及訪談的內容。

一眼就看得出來，這事件費了不少心力才強壓下來。

她覺得自己的所為可以被寬恕。

她覺得自己接下來，即將實行的復仇再正當不過。

如果要說這是一齣單純的復仇戲碼，那的確如此。

本來正因為如此——復仇者的恨才會那麼深，那般沉重。

這讓她下定決心，以自己的性命為代價，實行一場大上數倍的復仇。

她的復仇對象就是——這座城市。

在阿多村家與喜代島家權力統治之下的這個傀儡城市。

她認為操縱魁儡的絲線與見死不救的人們，全都「罪無可逭」。

♀♂

然後事態就演變成這樣。

薊使用計時式或無線操作式的引爆裝置，在城裡四處——特別是在阿多村和喜代島勢力相關的場所進行引爆，或是使其成為一片火海。

「現在這時候，四處應該都燒起來了吧？你們的孩子，也差不多都在洞穴裡頭一起哭喊了。」

薊的眼裡滿溢著瘋狂，被刀抵著的喜代島大喊道：

「什……妳說什麼！這是怎麼一回事？」

「你知道和久和菜菜躲在哪裡嗎？在武野倉礦山的舊坑道。」

「！」

「所以，我告訴龍二那個笨蛋了。順便假裝幫菜菜保管手機，傳了封簡訊給堂馬那個垃圾。」

然後他們就這樣上鉤了。

「因為入口和深處都有設置炸彈，現在這時候不是被活埋，幸運點就是在瓦礫堆空隙中等待著窒息吧。啊，如果和久與菜菜在裡面的話，鐵定就是被活埋了。」

「妳這傢伙——！……噫！」

喜代島雖然情緒激憤，但刀子就抵在自己脖子上，很快就收起他的憤怒。

相對的，甚五郎依舊面無表情地注視著薊，開口問：

「妳為什麼會知道龍二他們全都在裡面？」

「咦？」

「根據宇田川的報告，坑道是在十五分鐘前發生爆炸。但是十五分鐘大概無法從舊坑道來到這裡，而且也不可能在不被發現下，準備好網路直播的設備。所以是有人幫你吧？是誰？」

「……是誰都無所謂吧。反正接下來，你我都會死。」

聽到這句話，喜代島宗則發聲哀號：

「跟……跟我沒關係吧！殺了你妹妹的是阿多村龍一不是嗎？那樣的話，為什麼我和堂馬與菜菜都……」

回答喜代島疑問的並不是蓟。

「啊，這很簡單喔。」

臨也坐在輪椅上，拿著刀子扠桌上的水果玩樂，一臉愉悅地進行「情報」轟炸。

「如果起因是要對喜代島的女兒下手，卻被喜代島的兒子揍了一頓，為了宣洩去對那女孩下手，才因此遭到殺害，那麼這對您的家族來說也是醜聞吧？而且堂馬過去犯下的壞事也有可能被挖出來。所以當時才特別用心去掩蓋這件事。不過，不知道當初是警方主動幫你，還是你有施壓就是了。」

「我……我……我不知道！」

「就算你不知道，結果也一樣吧？因為你也是製造出這種吃案的貪汙生態的其中一人。嗯，這該叫作自作自受嗎？我剛剛也差點被你養的黑道成員綁架了呢。」

「……」

看著替自己說明一切的臨也，薊一時間愣住了。她欲言又止，說不出話來。

本來計畫一切的復仇行動都將在此畫下句點。

新山薊失策的是——

在這個空間裡，有個比她這個被復仇沖昏了頭的人，腦袋更加不正常的傢伙。

「……你不逃嗎？」

「對呢，確實在這個距離遭到波及會死呢。遙人、緋鞠，你們先出去。坐先生就先請你留下來。」

「好喔～」「……」

聽到臨也這句話，孩子們快步走出門外。可能因為市內持續發生著爆炸，警察尚未到達。警衛們保持著距離眺望現場，因為薊腳邊的炸彈令他們不敢輕舉妄動。

另外一方，薊不能理解臨也為什麼不願離開，陷入思緒之中。

大概是以為她猶豫了吧，喜代島宗則即使被刀子抵著脖子，仍拚命地大喊：

「妳……妳好好想想！妳妹妹會為這種事情感到高興嗎？進行報仇，把沒關係的人拖下水，妳妹妹不會感到高興吧？」

喜代島宗則雖然說出一口王道劇情的勸善台詞——他肩上卻被深深刺了一刀。

「嗚哇啊啊！」

臨也語氣慵懶地對發出哀號的喜代島宗則說：

「我覺得那種話，由加害者說出來反而有反效果喔。」

「……沒錯。你覺得我現在聽到這種話就會住手？這跟我妹妹怎麼想已經無關了，現在不是我妹妹的仇恨，是為了消除我自己的仇恨！就算有誰恨我都沒關係！」

見到薊的主張，臨也語氣悠然地說：

「但是，至少我啊，很尊敬薊喔。」

並不是他不會看場合說話，而是了解狀況才刻意這麼說。

「……咦？」

「這很不容易耶。即使犧牲自己，也要為死去的妹妹完成復仇。」

「……」

因為不清楚臨也想說些什麼，薊一臉毫無興趣。

臨也並沒有理睬薊，坐在輪椅上玩弄著刀子，有點興奮似的講了起來：

「這時候，妳的妹妹……我想想，好像是叫作霞吧？她就會被貼上『破壞城市的恐怖分子的妹妹』這麼一個標籤。原本只是單純地公布真相，霞就只是個被政二代殺死，卻被當作自殺處理的可憐被害者。現在卻是引發恐怖攻擊的『元凶』。」

「說元凶也太……！」

「現在的人看報紙，有多少人會去思考新聞背後或是更深層的含意？這次城裡受害的人們可能會這樣想——『那個叫作霞的明明只要閉上嘴奉上身體，就不會被阿多村龍一殺死了。自作自受被人殺死，復仇還拖他們下水，真是煩人』。有時候還有那種不是受害者，與此無關的孩子們一邊吃著零食看著新聞，在評論區留下『這個妹妹是不是穿得就像是在誘惑男人啊？』這種下流的評論。當然就算是普普通通地公開事實，還是會有這種傢伙。總之就是個把沒有關係的人都拖下水的恐怖分子的妹妹。明明什麼都沒做還要被拿出來消遣——就是因為妳。」

「……」

看著臉色鐵青的薊，臨也又繼續說：

「然後，妳正在這裡想要自爆求死。的確這樣一來，接下來就都事不關己了。妳既不用承擔妹妹會被怎麼評論，還能就此脫身，真是厲害。為了替妹妹復仇，就連讓她丟臉的事都做得出來！說真的，我沒想到妳會做到這種地步。以為妳最多就是從阿多村甚五郎的背後捅一刀而已。謝謝！真是謝謝妳！正因為有妳這種人存在，我才能相信人類的無限可能！發自內心讚歎人類的美妙！讓我能愛著人類！」

「不要再講了！」

薊吶喊道：

「你到底想幹嘛！你也想死在這裡嗎？你想怎樣啦！」

隨即，臨也坦率地回答：

「我想看。」

「……咦？」

「妳的下場啊。看妳對於我的無心之言，會依然抱著對阿多村先生的憤怒而按下按鈕，或是找到什麼超乎我想像的答案。又或者是在按下按鈕的瞬間，妳會一臉滿足地死去，還是只是意氣用事；我只是想知道這些小事罷了。」

興趣。

換句話說，就是扭曲的愛情。就只是，如此純粹的興趣與好奇心。

折原臨也的眼裡就只有這個。

「妳完成了比我想像中更困難的事，所以我才更想了解這種我所不知道的人。」

既無對於死亡的恐懼，也不打算說服薊。臨也的表情就只像在訴說，他滿腦子只有「薊會怎麼做呢？她最後的表情會怎樣？」這件事。

薊背脊一寒，恐懼竄滿全身。

然後，他確定了一件事。

這個男人——

這個叫作折原臨也的男子，是真的覺得自己死在這邊也無所謂。

真的瘋了。

雖然覺得臨也這個人很恐怖，但她更害怕去細想自己現在的處境。

就連自己死去的妹妹，也只是這場秀的一部分。

一股強烈的厭惡感貫穿全身。

她開始覺得臨也這個人就如同惡魔。

或許就這樣死了，就算拖上臨也一起死，最終也只是被他玩弄在手掌心中。

全身淌滿冷汗，她感覺到死亡就在身邊。

——我到底在做些什麼？

——我的人生，可不是為了取樂這種瘋子而存在……

——霞可不是為了這種人而死……

憤怒與恐懼交織，薊氣得直發抖，瞪著臨也瞧。

因為這樣，她才沒有發現。

出現在她背後，那個身高超過兩公尺的巨大身影。

「……咦？」

一回神，薊的身體早浮在半空中了。

因為巨大的手掌捏住她握著引爆裝置的那隻手，身體就這樣被抓了起來。

不僅如此，響起一聲令人作嘔的聲響，她的手骨輕輕鬆鬆就被折斷了。

「啊啊啊……嘎……！」

這衝擊的力道，令她手上的引爆裝置掉落地上。

這個巨大身影正是臼原，他毫不在意散落一地的炸藥，一邊喘氣一邊環視室內。

然後——他找到了。

龍二跟他說「若起衝突就幹掉他」時，給他看的那張照片上頭的那個黑髮男子。

方才煽動不明男子集團攻擊臼原，自己卻落跑的那個男子。

「……」

臼原不發一語地把薊的身體像丟垃圾一般甩到一旁。

薊直接撞上牆壁，就此不再動彈。

「喔，喔喔，太好了！多虧你來救——」

喜代島宗則冒著冷汗道謝，但他這句話卻沒能說到最後。

彷彿在嫌他礙事般，臼原揮出一記裏拳，直接揍上喜代島宗則的臉上。

「唔啪……」

喜代島宗則的身體就這樣翻滾了數公尺，最終猛然撞上牆後，一動也不動。

「喂，臼原……」

雖然甚五郎叫他，但臼原對此沒有反應，直盯著臨也。

「不行啊，他聽不到我在叫他。完全失去理性了。變成這樣我也阻止不了。」

另一方面，折原臨也雖然有一瞬間露出像小孩般嚇傻的表情，但之後就很失望地搖了搖頭：

「唉……沒能看到那女人做出什麼選擇，這也是人生呢。」

然後，看著緩慢走向自己臼原，臨也露出充滿慈愛的微笑：

「但是我原諒你。有時會突然跑出你這種特殊的類型，也是人類有趣的地方。」

臼原沒有聽進臨野的話，抓起手邊的桌子。

然後順勢揮下去——但在這時候，那張桌子停了下來。

在甚五郎眼裡，至此都貫徹旁觀者角色的老人，不知何時已逼近至臼原胸前，踩住他的腳，雙手壓制住對方身體的手軸與一部分身軀。

到底是怎麼辦到的？竟能讓那麼以豪力自傲的男子，無法將那張桌子揮出手。

趁這時候，臨也按下輪椅的電動開關，以比一般電動輪椅快上許多的速度移開。

「……」

臼原雙手放開桌子。發生一聲巨響，桌子掉落於地。

然後，臼原揮動沒被抓住的那隻手，試圖抓住坐。

但是坐早一步移動身軀，踏上對方的膝蓋使力往上一跳，就這樣用膝蓋往臼原的下巴一頂。

然後當臼原的頭因為反作用力往上時，手肘趁勢往下，向對方的鼻口之間打下去。

「……！」

雖然身體失去平衡，但臼原並沒有倒下。他從繃帶的間隙中瞥了坐一眼。

「呼……還真是頑強。若是鄙人的話，早就昏倒了，年輕還真令人羨慕。」

在臼原非比尋常的耐力面前，老人僅用「年輕」總結。

甚五郎驚訝地看著這個過程，令他想起「Candiru」的報告書中，「Sozoro Densuke」這個固有名詞。

——Sozoro……Sozoro Densuke？

——坐傳助（Sozoro Densuke）……不會吧！是那個「唐獅子」的傳助嗎？

甚五郎兩眼睜得老大，從三十年前的回憶中翻出「唐獅子」坐傳助的傳說來。

差不多是三十年前，傳說是他帶領格鬥技世界冠軍的特勞戈特．蓋森戴爾法入門，是關東最厲害的打架高手。

據說，他雖然身為打架高手師卻重視仁義，會為了市井小民，為了一宿一餐的恩情揮動他的拳頭。

他的戰鬥風格其實「卑劣」得根本稱不上正義。平時不會帶武器在身上，但如果手邊有什麼，不管是日本刀還是槍，又或者是石頭或沙子都會拿起來用。據說還有為了幫附贈一顆水煮蛋的拉麵店報恩而與黑道為敵，最後一個人打敗三十名敵手。

甚五郎原先半信半疑，但是眼前老人的本事確實可怕。

臼原把脖子弄得喀嘰作響後，朝著老人一揮。

過程中只用手指的力量便抓住桌子，朝老人擲去。

放在桌子上的餐具與叉子在空中飛舞，跟龐大的桌子一起飛向老人——老人鑽過那張桌子下面，同時抓住桌巾的一角抽了出來。

穿過臼原所丟出的桌子底下，老人奔近臼原眼前，接著一躍而起，用桌巾蒙住對方的臉。

「……！」

臼原一時間被遮住視線，手伸向臉前想扯掉桌布。

老人就好像知道他的這一步似的，一個迴轉，一邊將對方的手捲入桌巾裡，一邊用桌巾捲住他的脖子。

就這樣抓住桌布一角，於對方的背後落地，以自己的體重勒緊對方的脖子。

一般來說，大概都會覺得勝負已分，但臼原的怪力並非一般。他僅靠手的力道便扯下臉上的桌布，並將紮實的桌巾如日本紙般扯破。

「嗯，那個臂力與瞬間爆發力，如果正向運用的話，大概也能挑戰奧林匹克金牌吧。只可惜走錯路了。」

這場壯烈的戰鬥，結局到底會怎麼樣呢？

正當目擊者們都屏息以待時——有股不看場合的聲音從方才蓟站的地方，大聲傳過來。

「啊啊～坐先生真是的，居然這麼衝動。感覺就像笨蛋型男孩嘛。不要跟人正面互毆嘛，明明如果有把毒針在帶身邊，不就能贏得輕輕鬆鬆了嗎？」

臨也把剛才坐使出的許多出眾且細膩的動作，總結成「正面互毆」。

甚五郎看著這麼講的臨也，興趣滿滿地問道：

「你是怎麼挖角到那個老爺子的？他看來不像會幫你這種惡人做事。」

「啊，坐先生嗎？那個人因為冤獄進去蹲了好幾年，其間女兒和女婿的店鋪遇到拆遷紛爭，因此連孫子都被盯上。我只是在那時候證明坐先生冤獄的清白，讓他恢復自由之身，順便在他出來之前，保護他的女兒、女婿與孫子的安全而已。」

臨也一邊呵呵笑著，繼續說：

「不過他第一次見到我的時候，就說看出我的本性了。我是拜託他裝作沒看見啦。因為我說不要謝禮，想請他來當我的保鑣十年。」

「十年……這還滿久的呢。」

「他因為冤獄要去監獄關十年。我還替他找到嫁禍的真凶，並讓對方被逮捕喔。又不是說一整年都被我限制自由，我覺得這要求並不過分。」

臨也不加思索就說出這話，甚五郎苦笑說道：

「年輕人，你連這種舊時代的遺物也挖出來，是要做什麼？」

「……沒做什麼啊。我以前輸給極致的力量這玩意兒，所以想確認一下而已——如果是極致的技巧，是不是再怎麼不合常理的暴力都能戰勝……但也不知道有沒有機會可以驗證這個想法……大概單純只是我也想學看看，所謂人類技巧的極致吧。」

「哦？」

「我既沒有力量也沒有技術，所以不喜歡從正面跟人幹架之類的事情。」

隨即，臨也從坐他們的激烈戰鬥中移開視線，靠近倒在牆邊的薊。

然後撿起掉在薊身旁，像是控制器的東西。

「因為我啊，就只會這種戰鬥。」

仔細一看，握在臨也左手上的，是散落於地的炸藥中的其中一根——且上頭還裝著引爆裝置。

臨也把撿起來的引爆控制器放在膝上，將炸藥向天花板高擲而出。

就當炸藥靠近天花板之際，他不知從何處掏出飛刀一扔。

很難想像這是坐在輪椅上所能丟出來的速度。他這個投擲手法盡可能地利用上半身各個關節，應該是經由獨特的訓練而有這番身手。

以不尋常速度投擲而出的飛刀，穿過炸藥本體，插進天花板之中。

下個瞬間，臨也拿起放在膝上的控制器，毫不遲疑地按了下去。

然後，釘在天花板上的炸藥產生爆炸——

在坐與臼原戰鬥區域的周圍，許多天花板的瓦礫墜落而下。

甚五郎傻眼看著做出如此無情舉動的臨也，但臨也淺淺一笑，在輪椅上聳了聳肩。

「……」

「唔唔……」

原本昏倒的薊，因為爆炸的聲響微微睜開眼來。

「哎呀，妳醒了？在最後一步做錯的感覺怎麼樣？」

薊一時間露出還沒意識過來的眼神。但當那眼神漸漸恢復理性後，她百感交集地看向臨也：

「……說不定別醒過來，就這樣死掉還比較好。」

「或許有一天，妳會覺得活著真好喔。人並不是預言家。等到看到結果，再來決定是要放棄還是抵抗就好……代替妳那連這點都無法做到的妹妹。」

「……！……無所謂了。老實說，你剛剛的話讓我看清了，我已經沒臉再面對霞。說到底，我是為了自己而胡鬧成這樣。這就是最好的證據。」

「有什麼關係。所謂遺忘，就是人類為了繼續往前走而產生，讓人喜愛的靈魂（系統）啊。」

「你……到底有什麼目的？是想惹我生氣？還是想勸我反省？」

薊慢慢站起來發問，心中混雜著憎恨與動搖。臨也誠實地回答她：

「我在觀察人類（復健）。我就只是想更了解世人（你們）。僅此而已。」

只留下這句話，臨也便移動起輪椅往出口前進。

甚五郎看到他這個舉動，眉頭一皺：

「啊，喂，你想逃啊？」

「再見了，薊小姐、甚五郎先生！你們真是很有趣的一群人喔！有機會再見面吧！有空的話，打個電話聊聊！」

臨也一邊這麼說，一邊舉著手離去。雖然保全們有想阻止，但在發現臨也手上還握著另外一個炸藥後，就發出驚嚇聲後退了。

老人站在一臉茫然的甚五郎背後，向他開口表示：

「……抱歉，雖然剛才說掩蓋事實是不好的事……非常難以啟齒，還煩請在警方面前，替我們的事想好一套說詞。」

坐毫髮無傷，身上僅有些灰塵。他迅速點頭行禮後，跑向走廊。

追著逃跑速度超乎常人的輪椅男，那模樣就像是要去找他算帳似的。

留在現場的薊呆愣了一陣後——發現甚五郎的身影，瞪著他開口說：

「……甚五郎……若是你沒有……替你那寶貝兒子（垃圾）壓下那個案件的話……」

「不要誤會了，我可沒幫我那寶貝兒子壓下那件事。那是當時的署長刻意想做個順水人情，我才利用這機會做人情給我兒子。當然龍一開口的話，我也會吩咐下屬壓下來吧。因為我確實有幫他逃脫罪名，妳怨恨我也是正當權利。」

甚五郎大大嘆了一口氣，向盯著他的薊問道：

「妳想怎麼辦？要報一箭之仇嗎？炸藥和叉子都在地上喔。」

「……在我遲疑沒按下引爆器的時候，我就沒有報仇的資格了。但是，無論是你還是喜代島，或是這個城市，我一輩子都無法饒恕你們，我會恨你們一輩子。如果出獄的話，我還會用別的方法折磨你……無論是用什麼方法。」

「也對。我不會說我會期待，但我先說在前頭，有種的話就來吧。到時候，如果我東山再起，再請妳來當幫傭。」

「……你就繼續裝模作樣吧，『領主大人』。接下來等著你的只有沒落。」

薊被保全帶走時，依舊瞪著甚五郎。甚五郎看著她離去後，微微笑了。

「就算這樣……」

他苦笑著搖著頭，更新自己對「折原臨也」這個男人的評價。

「那傢伙何止超乎想像，根本就是天下無雙等級的大混蛋……」

♀♂

臨也來到酒店的卸貨區，那裡早停了一輛車子。

「嗨，久等了！請馬上出發喔，得趕在發飆的坐先生追上來之前。」

看著車前包含遙人他們在內的數個人影，臨也一副爽朗笑容地說道。

但是——回答他的人並不是站在車前的人們，而是在臨也身旁，無聲無息追了上來的老人。

「該等的是閣下吧，臨也先生。」

「……」

臨也從對方面無表情的臉龐查覺到不少事，只能一副無奈地聳聳肩：

「討厭啦。坐先生該不會是在生氣吧？我可是相信那種程度的情形，坐先生也會毫髮無傷才那樣做的喔。」

「是這樣啊。鄙人也十分信賴臨也閣下喔……我想就算搖晃你的腦漿三十次這種程度的情形，臨也閣下也絕對不會腦震盪。」

在那之後，臨也的太陽穴與下顎連續受到三十次細微打擊——至於臨也忍受得了幾次，則化作本人才知道的情報刻劃於世。

間章　名為折原臨也的男子⑤

怎樣啦，又來了。

我不是說過我對那隻跳蚤沒話好講嗎？

……受不了耶。

你都這樣拜託，還拒絕你就顯得我不講理了。

但是呢，我對那傢伙沒什麼能說的。

只知道，那隻跳蚤是個無可救藥的傢伙……

跳蚤之中，只有一件事我覺得不錯。

該說那傢伙執著嗎……？他一旦盯上一件事，就會像不要命一樣沉陷其中，這點真的很恐怖。

要說我對那傢伙的哪裡會感到「恐懼」，就是這一點了。

所以啊，小心點，那傢伙沒有將自己的性命擺在第一順位。在我們認為「到這種程度大概就會收手了吧」的時候，那傢伙可是會更往前踏出一步。回過神來時，早已經鑽進你的懷裡。

要說哪裡讓我覺得麻煩，就是他老奸巨猾全身而退的習性吧……可惡，一想起來就覺得不爽。

……總之，若要以那隻跳蚤為對手，不要把他當作是人，你就當作是在和殭屍交手會比較好。

那傢伙大概以為自己是個人吧。

但就各種意義上來講，不必把他當作是人。

話說回來……

臨也那傢伙，還活著啊。

這樣啊……

喔，沒什麼啦。總之，不要跟他扯上關係。

你有去問過其他人的話，大家都是這樣講的吧——不要跟那傢伙扯上關係。

假如遇到那傢伙，幫我轉達一下。

「別給我出現在池袋了，臨～也～同學。」

——節錄自傳聞是折原臨也天敵的男性H氏之訪談

終章

與折原臨也共度黃昏

然後呢？結局是怎樣啊？

『沒怎麼樣啦。又不是整個市化為空地，但至少維持「阿多村家和喜代島家分治」這個平衡的武野倉市，已經完全崩壞了。總之，因為阿多村龍二和喜代島堂馬都被關在礦山裡頭，無法下指令，喜代島派和翁華聯合就互把炸彈攻擊誤會對方所為，進行了一場大互鬥。最後似乎出動鎮暴警察，來了一場為期三天的大規模逮捕行動。』

嗯，還真是一群笨蛋呢。

『順便一提，身為礦山都市的武野倉市已經告終了。最糟糕的是，因為這次事件，感覺連機場與都更計畫都可能會先收回喔。』

真是糟透了耶。這對我們來說也是一大重創。會有多少人跑去上吊呢？你要不要負起責任去死啊？

『說得真過分呢。我只是給大家想要的情報而已啊，而結果也不過是一座城市化為烏有。反正那座城市早就走到盡頭，就算我沒去，阿多村龍二和喜代島父子繼續亂搞個十年，也只會更加悲慘。』

我們這裡有播出新聞喔。說是一個女人為了妹妹，向暴君報了一箭之仇，感覺是一椿佳話呢。然後，那個叫作薊的女孩子怎麼了？被你這麼一搗亂，是不是陷入悲觀跑去自殺了啊？

『聽說就像原本附身的壞東西消散了。不過以此為契機，阿多村龍一和喜代島堂馬做了那麼多的惡行才得以公諸於世。當時的署長等人也遭到處分。真是的，真不知道人生會發生什麼事呢。但我還滿在意薊的狀況，打算下次喬裝去旁聽判決。』

你真的不知道什麼叫客氣耶。

話說回來，那些白痴公子哥呢？

『在坑道氧氣耗盡之前得救了喔。不過，想到未來的發展，他們兩個或許會覺得死在那裡還比較好。」

就只有你沒資格這樣講。

死在那裡還比較好……大家都會怨嘆怎麼不是你吧？

『這麼久沒見面了，妳講話也顧慮一下我的心情好嗎？』

……嗯，是很久沒見了。話說回來，你真的還活著呢。

『差點死了就是了。』

不是晚節不保？

你該不會無知到連「有人惋惜才算活著」這句話都不曉得吧？

不過跟我無關就是了，掰啦。

♀♂

刃金市　沿岸的公園

確定電話被對方掛斷後，只見臨也聳了聳肩：

「真是的，波江還是一樣嚴厲啊。虧我好心跟她說，尼布羅可能會參與武野倉的都更計畫。」

「這就是要慎選交友對象啊。」

緊鄰武野倉市隔壁城市的海岸上，坐在輪椅上聳著肩的臨也旁邊站著一名男性。

「對了。在這點上，讓我可以多加認識警察廳裡的菁英，還算是幸運。」

「這次這件事會在我的經歷上增添汙點吧。」

說這句話的人，是武野倉市的署長——柿沼。

他現在變裝的樣子，若是熟知他平常樣貌的佐佐崎或喜代島看到的話，一定會皺著眉說：「這是誰？」

絲毫看不出平日諂媚的神影，眼鏡內有著如雄鷹般的銳利眼神，散發出十分符合「年輕菁英」這形容的貴族氛圍。

「真是的，你鬧得出乎我意料啊。不只是擠出阿多村與喜代島這惡膿，簡直差點毀了這座城市。」

「我說過了吧，我不是為了你，而是為了我自己而行動……不過也出乎我意料呢。只是幫這群人引線，沒想到會演變成炸彈恐怖攻擊，正常來說難以想像吧。」

臨也聳了聳肩，柿沼話裡混雜著嘆息說：

「算了。我認識的監察官正在調查前任署長，大概可以從這裡擠出膿來吧……唯一的救贖，就是炸彈攻擊中沒有人死亡——包含你搞的那些事情在內。」

「啊，很大隻的那個人怎麼了？」

「根據報告，他推開瓦礫逃了出來。似乎像個怪物一般，口裡大喊著『Orihara Izaya』呢。太好了，看來你交到朋友了。」

「我不太擅長應付那種蠻力型的……」

臨也露出些微的厭惡神情後，問了一件他在意已久的事情。

「這樣說來，甚五郎先生怎麼了？」

「跟即將下台的喜代島宗則不同，好像仔細消除過他掩蓋案件的證據。是能夠起訴他，但要送進監獄就有難度了。說到底，那傢伙早就清算好集團與個人財產，大概打算去哪邊隱居起來……看來沒辦法知道他在盤算些什麼了。」

「這樣啊，連靠柿沼的才幹都沒辦法揭露……你這個能把我抓進池袋署，折磨我那麼多的人居然會沒辦法。」

「在事到如今的這一刻……是能揭露什麼？又還有什麼能隱瞞的？」

聽到臨也隱含諷刺的話，柿沼露出苦笑回應。

「那座城市不會有太陽了。已經日落，早已西沉了，臨也。」

「那是您所期待的吧？」

「嗯，我們的任務，就是與其在腐爛的太陽光下，不如在暗夜之中保護正義。」

柿沼嗤之以鼻後，放鬆表情，一邊發起牢騷：

「總之，先從發布逃走的佐佐崎的通緝令開始吧。真是的，還真會給我添麻煩。」

然後——看著臨也背後的幾輛車與站在車周圍的人們，柿沼不懷好意地笑道：

「對了對了……搜尋炭礦坑爆炸失蹤者這工程還得花上一段時間，趁現在快點送得遠一點吧。」

因為武野倉市的騷動，隔了十天才有半天休假的署長離去後——臨也慢慢用手推著輪椅，靠近車子周遭的眾人。

然後，向其中一個人搭話。

正是被埋在舊坑道深處的落石下，現在「行蹤不明」的阿多村和久。

「嗨，生死不明的失蹤者同學，感覺怎麼樣？」

「臨也先生……」

臨也將手搭上有點膽怯的和久肩上，臉靠過去，以旁人聽不見的音量低聲說：

「就讓我看看吧，和久。讓我看看，你和那個單純的菜菜如何懷抱著愧疚，選擇今後的生存之道。」

「……薊真的……沒把我的事說出去嗎……？」

「對啊，和久。沒有什麼『共犯』，她堅稱所有的復仇都是靠自己辦到的。」

阿多村和久是「共犯」。根據從柿沼與佐佐崎那邊獲得的警察情報得知，和久似乎每天都遭受龍一的欺凌。臨也知悉後靈光一閃，向和久套話。

結果和久馬上就承認了——但是薊對和久說：「你和菜菜就假裝在坑道內被活埋，改名換姓重新生活吧。」

正當臨也心想「這女孩還真是超乎我想像」時，菜菜靠近了過來問道：

「那個……您真的，可以給我們新的戶籍嗎？」

「當然啊，不是說好了？情報的代價，就是幫助你們兩個私奔。」

「但是……說不定，臨也先生會被當作綁架犯遭到逮捕……」

菜菜擔心的地方似乎搞錯了地方，令臨也一時反應不過來。然後他放聲笑道：

「沒關係喔，菜菜。對我而言，比起人所制定的法律，我更重視人本身。」

這是毫無虛假的實話。

但不知道怎麼地，菜菜把這句話理解成善意的發言，閃耀著雙眸對遙人說：

「臨也先生真的是個很好的人呢！」

「對啊！臨也哥是個非常體貼的人！」

聽著他們這番對話，除了這兩個人以外的人都在心裡竊語「這點絕對是錯的」。

「……我也這麼蠢的話，該有多幸福。」

緋鞠低聲說著，坐對此微微搖著頭：

「每一個人的幸福都不一樣喔。小姐也好，鄙人也罷，總有一天會找到的。若能親手勒死臨也閣下，或許鄙人就能得到幸福了。」

「……我也要下手。」

不知道是不是巧合，這段對話讓臨也聽到了，他拭去臉頰冒著的冷汗問道：

「你們是不是在聊些危險的事？坐先生，你該不會還在埋怨我把你扯進天花板崩塌裡的事吧？」

「怎麼會。那種程度的事，想恨也恨不起來。但是臨也閣下死一死會比較好這件事倒是沒改變。」

「……是嗎，那就好。」

臨也本人也不知道自己說的好是指什麼，就這樣推著輪椅往汽車方向前進，然後車裡頭有兩個人影露出臉來。

「真是的，你真的要暫時僱用那兩個少爺和小姐嗎？」

「我是挺喜歡的。是叫作菜菜嗎？我喜歡那種不知人世險惡的女孩～」

說這兩句話的，是後梳油頭戴墨鏡的男子與哥德蘿莉眼鏡女孩。

「不要這樣講嘛，『磯坂』。話說回來，我看了一下資料，連我妹妹她們的三園都列上去，是不是有點過頭了啊？」

「我奉行不偷工減料主義。說到底，都是因為你，才害我們不好在這裡工作。你可要好好介紹下一個任務地點啊，『折原社長』。」

「因為社長登記的是別人，至少叫我地下社長吧。」

「叫他廢物社長就好啦～」

「說這種話的人可調不了薪喔，稻荷壽……咳唔！」

聶可一臉嚴肅，賞了臨也一記手刀，令他咳個不停。

「那麼……閒聊就到這邊，差不多該出發了……哦？」

調整著呼吸抬起頭後，眼前景色深深映入臨也的眼中。

「喂，快看看，武野倉市被夕陽染得一片通紅呢。」

那是一片漂亮的暗紅，看起來就像在太陽之中燃燒墜落似的。

「說真的，我雖然認為那座城市總有一天會沒落，但沒想到會只被一個人鬧到沒落，這我還真學不來。薊的行動力真是值得尊敬。」

想起不在這裡的人，臨也對她致上最高的敬意與好感，靜靜地看著在夕陽中燃燒的城市。

站在這裡，了解臨也本質的人們心想——

他一定會說，夜晚的黑暗與日出也是同等美麗吧。

明白這件事的他們依舊站在臨也身旁，看著夕陽下的武野倉市，以及名為阿多村帝國的終結。

他們知道——

只要繼續跟折原臨也一起行動，總有一天會被這夕陽燒成焦炭。

正是理解到這點，現在僅僅只是——與折原臨也共度黃昏。

但願，那個落日之後會再迎來明天的日出。

他們彼此心懷此念地望著沉沒而去的太陽。

心裡相信，只要跟臨也走在一起，一定能看到前所未見的景色。

遙人
緋橋

坐傳助

阿多村甚五郎
阿多村龍一
阿多村龍二
阿多村和久
新山薊

喜代島宗則
喜代島堂馬
喜代島菜菜

柿沼
佐佐崎

＜富津久會＞
宇田川
越野
臼原

＜翁華聯合＞
蓼浦

＜Candiru＞
磯坂
聶可

初次見面的讀者初次見面，好久不見的各位好久不見。我是成田良悟。

於是乎，感謝各位閱讀本書《與折原臨也共度黃昏》。

雖然標題裡就加入名字，但本故事並不是述說折原臨也這個男子跨越千辛萬苦，進而成長的冒險故事。述說著藉由混入「折原臨也」這個異物，一舉崩壞這個勉強維持著現狀，瘦弱無力的城市。希望您就把本作當成一部災難片看吧。

本作為《無頭騎士異聞錄 DuRaRaRa!!》這個以池袋為舞台的拙作的外傳，而該作品中的其中一名主要角色「折原臨也」是個麻煩製造者。他在檯面下活耀著，刻意搗亂城市原有的平靜。本作敘述的，是在原作第一部最後一集之後，折原臨也到底在哪裡？又做著什麼事情？

不知道《DuRaRaRa!!》的人，就當作「一座城市被擁有不尋常的情報收集能力的男子，玩弄於股掌之間的故事」來閱讀就好。而知道《DuRaRaRa!!》的人，就好好享受這部「名喚臨也的男子，從名為池袋的限制中解放出來的外傳」。

對的，是限制。

我個人身為作者在寫到折原臨也這個人的時候，十分行雲流水。他是我目前筆下角色中，非常喜歡的一個角色。所謂角色就是會自己出來走動，會自己出來講話，也有那種會自己一直把台詞說下去的角色。只是在《DuRaRaRa!!》這部作品中，折原臨也這名角色並無法完全自由行動。就如同已讀過《DuRaRaRa!!》的讀者所知道，他可以說是個一定會出來妨礙主角的「敵人」。而就臨也的立場上，他也有個「枷鎖」存在，令他也不得不蓄意對那個人進行排除。

因為如此，造就了臨也從那種「名為主場的敵陣」中解放出來，在這個未知土地上，盡情放手一搏的系列。希望您能享受「如果沒有人阻止臨也的興趣，到底會怎麼樣呢？」這個概念。

本書一開始是計畫在MEDIA WORKS文庫上出版而執筆寫下，但中途接受編輯部等單位的意見，改由電擊文庫出版。

雖然MEDIA WORKS文庫系列並沒有特別規定，但總覺得我個人抱持的印象上，如果在MEDIA WORKS文庫上出版，「Candiru」或「臼原」就不會登場，我想會用掉大概一半的篇幅來描寫龍一命案的真凶或共犯在臨也巧言令色地窮追不捨下，揭露出過去，然後毀壞得體無完膚的這種展開。

如果一開始就預定在電擊文庫上出版，「遇到劫機事件，結果在機內發生連續殺人事件！就連劫機犯們都害怕的殺人魔就在這飛機內……！」、「折原臨也VS.炸彈狂！企圖排除外人的封閉村莊最後變成荒地！」、「冒牌折原臨也現身！知名觀光地區所流傳的分身傳說！」等，我想就會變成前述這種著重誇張的劇情，所以本書才會中庸一點。

下次之後，「情報商人」說不定就會牽扯進剛剛講的誇張事件之中。然後下次構想的劇情，可能就是被這個「情報商人」要得團團轉的犯人或被害者們……當續集出版的時候，請好好享受這個「與折原臨也……」系列！

接下來，有些第一次在本書中接觸到折原臨也的讀者，可能會有「喂喂喂，這個一副悠哉樣的情報商人明明是個糟糕的傢伙，最後幾乎沒有人教訓他耶！因果報應是到哪裡去了？」這樣的感想吧——

有這種想法的各位讀者，推薦你們這本外傳的本傳《無頭騎士異聞錄 DuRaRaRa!!》系列作品！基本上，折原臨也這個角色在本傳中的個性是一模一樣……不，與其說中立，到不如說是添加了一些惡意，是更加麻煩的一個男人。時而遇到挫折，也有數個可以稱得上是「障礙」，可以阻止他的角色存在。所以我覺得各位讀者能夠享受到與本作中截然不同的「折原臨也」！

然後，其實從２０１５年七月開始，即將播放動畫第三季的《無頭騎士異聞錄 DuRaRaRa!!×2 轉》！不只是動畫，漫畫版的《無頭騎士異聞錄 DuRaRaRa!! R

E:DOLLARS篇》為首，將在各種媒體上展開各式各樣的劇情。包含這些作品，請趁這個機會一起享受折原臨也不同的一面吧！

最後是答謝的部分。

配合我這實在是緊繃到不能再緊繃的日程，造成責任編輯和田先生為首，ＡＭＷ印刷廠與校對同仁的困擾，真是非常抱歉……！

以及基於衍生原作《無頭騎士異聞錄 DuRaRaRa!!》上，在各式各樣的媒體上創作出各種作品的各位。

還有總是照顧著我的家人、朋友，各位作者以及插畫家。

然後是費盡心力於各類作品中活耀，還在百忙之中為臨也的衍生作品的本作畫下如此出眾插畫的ヤスダスズヒト老師。

最後要感謝的，當然是將這個《無頭騎士異聞錄 DuRaRaRa!!》故事的衍生作的新系列作品拿在手中的各位。

十分感謝！今後也請多多關照！

「一口氣看著《コワすぎ！》系列」 2015年6月 成田良悟

Kadokawa Light Novels

無頭騎士異聞錄 DuRaRaRa!! 1~13（完）

Kadokawa Fantastic Novels

作者：成田良悟　插畫：ヤスダスズヒト

扭曲的愛情故事，開始降下布幕——
《無頭騎士異聞錄DuRaRaRa!!》第一部・完結!!

東京的池袋，此刻化為一個混沌的大融爐。與沒有頭的騎士有所牽連的人全都被捲入其中。帶著創傷的少年們、曾經相愛的情侶們、準備廝殺的宿敵們。所有人將聚集到宣告一切開始的那個地方——好了，就讓我們一起來收看DuRaRaRa!!×13吧！

各 **NT$200~260/HK$55~78**

台灣角川

Kadokawa Light Novels

無頭騎士異聞錄 DuRaRaRa!! 外傳

Kadokawa Fantastic Novels

作者：成田良悟　插畫：ヤスダスズヒト

交織各種情緒的池袋亂鬥故事上演!!
四篇短篇＋未公開新稿及稀有掌篇，切勿錯過！

眾人在塞爾堤與新羅家中集合，不知為何卻吃起了火鍋來。帝人＆杏里、靜雄和門田等人圍繞著火鍋回想起彼此過往的故事。在這當中，眾人初次相遇的篇章也逐漸揭曉——以此為開端所展開的各篇外傳故事、未公開新稿及稀有掌篇登場！

NT$200/HK$60

台灣角川

國家圖書館出版品預行編目(CIP)資料

與折原臨也共度黃昏 / 成田良悟作 ; 溫朝程譯. --
初版. -- 臺北市 : 臺灣角川, 2016.09
面； 公分
譯自 : 折原臨也と、夕焼けを
ISBN 978-986-473-298-2(平裝)

861.57 105014437

Kadokawa Fantastic Novels

與折原臨也共度黃昏

（原著名：折原臨也と、夕焼けを）

2016年10月20日　初版第1刷發行

作　者：成田良悟
插　畫：ヤスダスズヒト
日版設計：鎌部善彥
譯　者：溫朝程

發行人：成田聖
總編輯：蔡佩芬
主　編：吳欣怡
文字編輯：陳君政
資深設計指導：黃珮君
美術設計：胡芳銘
印　務：李明修（主任）、張加恩、黎宇凡、潘尚琪

發行所：台灣角川股份有限公司
地　址：105台北市光復北路11巷44號5樓
電　話：（02）2747-2433
傳　真：（02）2747-2558
網　址：http://www.kadokawa.com.tw
劃撥帳戶：台灣角川股份有限公司
劃撥帳號：19487412
法律顧問：寰瀛法律事務所
製　版：尚騰印刷事業有限公司
ISBN：978-986-473-298-2
香港代理：香港角川有限公司
地　址：香港新界葵涌興芳路223號
新都會廣場第2座17樓 1701-02A室
電　話：（852）3653-2888

※本書如有破損、裝訂錯誤，請寄回當地出版社或代理商更換。